镜中人

曹宇 著

上海社会科学院出版社

曹宇,自由作家。出生于上海,毕业于华东师范大学中文系,著有《早安,太阳》《一条像你一样的河》。

在一面镜子前活着和死去。

——波德莱尔

他死于他沉重的死亡。

——里尔克

看见死亡的镜子

——曹宇《镜中人》序

宋　琳

这本书不像上本书（我指的是《一条像你一样的河》）读起来那么轻松，我想主要是它的本事决定的。尽管两本书都属于自传体小说，相隔四年，作家曹宇的文学观念和趣味并未发生本质的变化，他依然保持碎片式的叙事方法，在延宕中徐缓地去还原一个可怕事件发生的时刻——叙事者的胞兄在二十年前某个秋日的星期天自杀。在长久的沉默之后，这一事件的原型终于拥有了一个挽歌的形式，创伤记忆为摆脱内疚的冲动提供了灵韵重临的契机。

勒维纳斯在《上帝·死亡和时间》讲稿中专门

探究过"他人之死"的问题,他指出:"在任何的死亡中,都显示出下一来者的临近,显示出幸存者的责任,这是被临近的逼迫所激发或刺激出来的责任。"亲人之死无疑更能引发"下一来者"的紧迫感,叙述既意味着责任,又是通过道说缓解道德自责的治疗。我们不能把《镜中人》等同于一个单向精神分析的样本,毋宁说,这本小说对自杀的解读更接近于对这一行为的施与者及其血亲关联者的双向诊断。叙事者意识到"我哥"(唯一的胞兄)的内心悲剧作为永久之谜是不可能被揭示的,那个秋日的星期天向生者关上了决绝的门,如果说自杀"等于自供"(如加缪所言),那么,在它供认出"不值得活下去"这个主观认定的事实的同时,也拒绝了给幸存者提供证词的机会。由于不在场也就不存在目击,剩下的事后推定对死者又有什么意义呢?

写作只对尚未成为"下一来者"的生者有意义,使得对无可挽回之事的补救具有象征价值。这个叫"奇"的男人,除了令人揪心的死亡方式,他的生活表面看起来平淡无奇,准确地说,他是一位自我认定的失败者。他出生第二年就被带离父母身边，在祖母的溺爱中长大，因为美丰仪，六岁时的照片曾在上海南京路著名的王开照相馆的橱窗展示，刚进小学就被舞蹈学校看中，颇受身边女子喜欢。但这位美男子却没有成为花花公子，相反，他一生中唯一的女人是一个精神病患者，他在婚后漫长的日子里不离不弃地陪伴她，并且因为她，身为工程师而下岗，做过保安，看管过自行车，不得不接受父亲的救济，最后凭弟弟的关系找到一份在上市公司上班的工作。他性格温和而偏执，内心丰富又孤独，认为婚姻是"一场灾难"却安于如此境遇。父母作为国家顶级科学家，但他几乎从未与他们生活在一起，并且从不以他们为傲，自己也曾是自动化仪器专职人员，为了生存竟不嫌弃最底层的工作。他唯一的癖好是按期购买《舰船知识》，幻想着航海，然而终其一生从未见过真正的大海。如此多的矛盾集合在他身上，抑郁症悄悄侵入他的内心，活到四十二岁而"一无所有"，没有什么能帮助他从死亡中逃逸。他父亲给他撰写的墓志铭是"两袖清风"，"看着像是对一个为官清廉之人的赞誉，有点滑稽",可我觉得并不可笑,祖母积攒十年的传呼电话收入交给了他,他"一分没动",如数留给了妻子,仅这一件事足见他为人的魅力。当我读到他日记中的一句:"我的血会不会也是甜的?"我甚至为他的诗人气质而动容。

出于审慎和克制,曹宇没有将《镜中人》写成心理小说,在我看来是一种明智。小说一开头就给出了亡兄之死的结局,它跟死亡通知书一样确凿。卧室、沙发、衣橱、镜子、倚靠在沙发上的赤身裸体的死者、伤口、血迹、警察用塑料袋装走的"果酱刀"(就是奇在梦中吞下去的那把),触目惊心又一目了然,那"致命的隐遁"的工具经检验是死者自己挑选的,之后在他的日记残篇里也发现了与此对应的间接证据。或许,记忆的展开是由死亡场景推动的,并且总要回到那个场景,即使最为直截了当的叙事也不能直通死亡真相,所以叙事者说:"我重复着的记忆,让我一次次地远离真相。"意向性越强,越不利于同死者进行的这场虚拟的隔世对话,每开始一个句子,都是一次新的回溯,而意象性,即自由联想中浮现出的时间碎片恰恰是曹宇可以借助来打捞沉沦于往事的心灵之微妙踪迹的方法，在他那里，叙事学的阿里阿德涅线不是情节，而是情绪，无论是与死亡主体的自杀事件相关联的蛛丝马迹，还是由此引申出的家族史的记忆片段，都沉浸于贯穿通篇的忧伤气氛中，正是大量日常生活的细节组成的意象，使得所讲述的主要事物和次要情节之间自动产生意义的关联，相对于"追捕以一只野兽为目标"（德莱顿）的那种重视结局的叙事理念，曹宇取消了这类预设，正因不确定能否追捕到野兽，追捕才是销魂的。

最终的秘密也许只有那面衣橱上的镜子知道，因此那面镜子成为整个小说的中心意象。镜子看见了事件的全过程，是事件的唯一"目击者"，而镜子不会开口说话，不会阻止那把镜中人刺向自己的"锯齿形尖刀"，即使在镜面溅上血时，它也只会冷漠地吸收，而丝毫感觉不到血的温度。镜子是可怕的，是吸血鬼的仪式道具，是那喀索斯的池塘。拉康的"镜像阶段"理论揭示了唯有人能在最初的镜中影像中发现自我的替身，并将那个替身归属于自己的心理模式，他也将那喀索斯爱上水中倒影而死的神话命名为"自恋自杀性侵凌"。从出生开始的各种创伤是导致这种侵凌的关键因素,"在我们看来这个自杀倾向取决于这样一个事实,即人的死亡在以一种总是含糊的方式反映在人的思想里之前早已为人在他度过的最初的悲苦阶段里感受到了"(拉康《谈心理因果》)。那只有主体能感受的悲苦始于早年,将不断地向内累积,被更多的经验所强化,他人的认同过程若不能使自我认同客观化,其与外界的关系纽带终将断裂,而自我将从此幽闭在越来越黑暗的壳里。

他人作为另一面镜子,很难说没有罪责,一个小小的疏忽或许已经埋下隐患,因而当叙事者说"我总是记不住我哥的死亡日期"时,就包含了悔意,而为了补偿"我哥"没实现的愿望,"我"有过把他撒去海里的念头。生者对死者怀有亏欠,死者带走了一切,直到他结束生命,来自外部的事件与他的内心生活交织而成的症结是如此复杂而微眇,这症结在死亡那里打成了死结,解开是不可能的。那面镜子"在替身再现中的作用"最终异化了替身。奇,这个无论幼儿阶段还是成人阶段都未走出祖母视线的男人，自许的"废物"，他的内心煎熬，他的屈辱，他对被医生挟持的病妻的不忍，对"更像当哥的"弟弟和睡在窄小阁楼上祖母的愧疚，对青梅竹马的老五偶然的心动，对节日的冷淡，对没有孩子的坦然，连同所有的秘密，都被称为命运的东西从镜中取走了，于是那面镜子只剩下了黑暗。

是的，"黑暗总在那儿，我们只是从未注意而已"。

2024 年 1 月 16 日

福柯说，人都将被抹去，如同海边沙地上的一张脸。

很多年过去了。

我想写下这张脸。在海水抹去它之前。

那是一张英俊的脸。稚气未脱。

在写之前，我才发现这只是一张留存在我记忆中的脸。一张并不真实的脸。

那张脸一直皱着眉。一直皱着。在街上，很远，我都能看见。

但那个夜晚，也许是黎明时分，他在镜中，第一次那么平静。平静得他都看不清他自己。他舒展开他的眉。他倒在沙发上。他的脸天真得像婴儿。

他不皱眉时是如此英俊。是女人看一眼就会喜欢上的那种英俊。透着清澈的大眼，一头鬈发，鼻子像西班牙人。

可他却没有一个真正属于他的女人，一个他喜欢的女人。

关于女人。关于女人的话题。关于爱。女人的爱。我们很少说，或者几乎不说。

也许他也有过他想要的女人，只是没人知道。也许在他常去的那条街。他每天都会去街角的书报亭买份报纸，定期买一份《舰船知识》。他喜欢船，喜欢在水上航行。但没人明白他为什么会喜欢舰船。

我不知道他停留在书报亭的傍晚，他想看见什么，他都看见了什么。我也从不知道会不会有一个他喜欢的女人，在每天黄昏从书报亭走过。她长什么样，他认不认识，他有没有和她说过话，没人知道。

他就站在书报亭的拐角。直到天黑。

关于这些,他从没对人说起。他皱着眉的脸掩盖了他往日的英气,掩盖了一切。

如今,没人知道这一切,除了他。

那是一个星期天的早晨。

早餐时我正在读加缪的《第一个人》。这是我第三遍读这书。书没写完加缪就死了。书的第一句写着:"献给永远无法读此书的你。"

如今我坐在春光明媚的阳光房,阳光正透过窗外的合欢和几株芭蕉,斑驳地落在我身上。池塘里的荷花、睡莲、香蒲和槐叶萍已覆盖了整个水面。

我在写一本他永远无法读的书。或许是一本他永远不想读的书。

那个星期天的早晨,阳光好得让人睁不开眼。

那天吃过早饭,我开车去医院。出门时,我顺手带上了这本读了三遍的《第一个人》。

母亲打电话来时,我刚从曙光医院开车出来。

母亲在电话里说:"你哥死了,自杀。警察刚打来电话。"

母亲在电话里停顿了一下说:"你去看一下。"然后就挂了电话。

我记不清那是七年前还是八年前,抑或是十年前。我只记得是秋天,十月还是十一月?我也记不清具体哪一天。但我能非常确定是秋天。一个星期天。阳光明媚,是个秋高气爽的休息日。街上很多人,人们趁着晴朗的休息日兴高采烈地出来逛街。我还清楚地记得我在前一个星期约了中医,没病,只是来配一些吃与不吃都无关紧要的中药。

开车离开医院,在人流不息的淮海路口,我接到了母亲打来的电话。

挂了电话,我的脑中一片空白,我不停拍打着手中的方向盘,有一个瞬间,我恍惚地觉得,这也许只是一个恶作剧的玩笑电话。他那么胆小,又那么喜欢生活,怎么会有勇气自杀?我甚至怀疑是不是母亲没听清对方的电话,也许只是自杀未遂,被发现及时而没有死。

我试图回忆起最后一次见他是在什么时候。我都不记得最后一次和他一起吃饭是在哪里,每次吃饭他总是兴高采烈,话很多,有很多抱怨,对眼下的生活、工作,似乎一直在生活的底层作着挣扎。他的抱怨总是充满智慧和幽默。他总能让大家开心。有时,他说着说着就不说了,一下变得很沉默。我从他的沉默中,他的前言不搭后语的局促语速中,可以感觉到一份疲倦,对生存的疲倦。但我从来没有一次,从他的嘴里和眼神中,听到或者看见他对生命的厌倦。一次也没有。相反,我总能感受到他一直向往着更好的日子,就像这秋高气爽的季节。在这样的晴朗日子里,他是最应该淹没在这欢快的人流中的,他会东张西望地闲逛一个下午,去哈尔滨食品厂买一块他从小就喜欢的水果蛋糕,还有光明邨的酱鸭膀。然后心满意足地回家,吃一顿一天中最热闹也是最丰盛的晚餐。

这个星期天的上午,阳光带着初秋的暖意。我在人群里开着车不知往哪里拐,我感觉此刻我就像马路边四散的落叶,被风吹得到处乱飞。

我一直在想象他自杀的样子。可我怎么也无法想象或者说想象不出他自杀时会是怎样可笑的样子,是横倒在床上,还有仰面躺在地上,还是坐在沙发上?他的样子一定很可笑,就像小时候看的电影场面。也许很平静,平静得就像他经常独自趴在窗台上,看着窗外匆忙消逝的世界。

我无法相信他会从此闭上那双帅气的大眼睛。高中时,很多女生喜欢他那双无忧无虑的大眼睛。那双眼睛还差点让他被舞蹈学院招去当了舞蹈演员。我不知道跳舞和大眼睛有什么关联。后来因为我父母反对,说去了,一辈子的职业可能就像个傻瓜一样在给人伴舞。这多少让我身为科学家的父母感到有些不自在。

在开车去的路上,我的脑海里反复回响着刚才母亲在电话里短促而有力的声音,那声音甚至有些怨怒。她都来不及告诉我我哥是怎么自杀的,以及自杀的原因。也许我母亲也不知道他为什么死。不知道他是选择了怎样的方式来结束自己的生命。我不知道母亲挂了电话后有没有哭。我更不知道我哥这样一个一直惧怕死亡、惧怕一切的人,怎么会有勇气在这样阳光明媚的天气里独自去面对死亡?

我不知道是怎么开到我哥家的。

到达时天已近中午。

太阳照得车子里暖洋洋的。照得身上也暖洋洋的。

他家门前的马路不宽,又是公交车道,无法停车,我只能把车直接开进天井小院。

进院子的门很小,差不多刚够一辆车通行。这个院门小时候觉得很大,弧形的门廊上还留着民国时建造的花样,"德里坊"三个字依旧十分清晰。

我把车停在他家楼下。

天井里围满了邻居。透过车子的挡风玻璃,我看见所有邻居好奇而又惋惜的目光。我戴上太阳镜,在车上停留了十几秒,然后像一个走秀的明星一样走出车外。

下车时,我第一眼就看见洋娃娃——他的发小。从小学一直到中学毕业,他们都在一个班。她小时候眼睛就长得圆圆大大的,像一对匀称的桂圆。眼珠很黑,几乎看不见眼白。那眼睛好像任何时候都在直勾勾地看着你,像小时候中百一店橱窗里放着的洋娃娃。洋娃娃是我给她起的绰号。为此她每次看见我都会很不满地瞪我两眼。她读书不好,一到周末就到楼上找我哥补习。她喜欢我哥,可我哥似乎并不喜欢她。有一次我和他提起过,说她长得挺好看,他一边在摆弄他的玩具驳壳枪,一边说你懂什么,好好读书,不要胡思乱想。

此刻,我下车时,又看见她直勾勾地看着我,那双大眼睛看上去有些暗淡忧伤。那个瞬间,我突然想:当初我哥要是娶了洋娃娃做老婆,也许就不会自杀了。

爬上狭窄的楼梯,楼梯只有一人半宽,很黑。即使在这样明亮的太阳天,楼道里也一直亮着一盏昏暗的灯。如果同时有人上下楼梯,其中一个人必须侧身才行。

我看见屋里到处都是警察。十几平米的小屋,除了家具,警察在狭小的空间里不停地走动,拍照,用各种大小的透明塑料袋取样,就像在凶杀电影里的场景。一个漂亮的女警察正俯下身子,像是在检查他身体上的伤口。我想他会喜欢这个年轻的女警察给他的身体做最后的检查。我有点好奇她看见我哥那张苍白而帅气的脸,会不会有心动的感觉,特别是他还裸露着身体。

我站在卧室门口。一动不动。

我看不清他的身体,他的脸,他紧闭着的那双大眼睛。

直到隔壁的邻居大声叫着告诉警察:他弟弟来

了,一个毫无表情的中年警察才过来把我叫到厨房间。

他和我握了握手说:"你是他弟弟?"

我说是。

他说:"我们初步鉴定你哥是自杀。"我说好。

然后他用低沉的声音开始向我讲述里面发生的一切。

我看着厨房间吃剩的半根黄瓜、半条鱼。一小碗油焖茄子。一个没来得及清洗的饭碗,里面还剩有一小口没吃完的粥。

我觉得警察在向我描述的一切,就像是我在第四遍读加缪的小说。

厨房间的窗外就是低矮的屋檐。瓦片上一只以前的旧砂锅里种着几根细弱的葱,还有些野草,让人分辨不清葱和野草。我祖母活着时,常拿这旧砂锅来煎中药。她经常踩在瓦片上晾晒衣服。我在想,幸亏我祖母已经不在了,如果她看见我哥自杀,我不知道她会不会从这屋檐上跳下去。

我不记得那天警察在厨房间都对我说了什么。我只模糊地记得他说基本排除了他杀的可能。可以确定是自杀。他好像还说了自杀的大致时间，又说还需对尸体做进一步的检查确认。我无法把他话语中说的尸体和我哥那张英俊的脸对应起来。我也不知道确认死亡时间的意义是什么。

我只想看见他此刻的样子。

我无法确信他已经死了的事实。

我在警察的引领下走进卧室。警察说小心地上的血。

我看见他平静地靠在沙发上。他的手无力地垂挂在沙发边。一头浓密的鬈发下，他的脸毫无血色。
他赤身裸体。像油画《马拉之死》。

警察处理完一切,问我一会儿人运去哪个殡仪馆。

我说有什么区别吗。哪家都不是他喜欢的。他从小就怕去那个地方。

警察又说要什么样的车。

我说无所谓。

那就叫个最好的车。警察说。这是他最后一次坐车。

我说好。

警察说要不要给他穿上衣服。

我说我不知道他平时穿的衣服都放在哪里。

我怕打开衣橱,我怕看见他往日的生活痕迹。他的衣服一如以往般整齐,衣服都是很多年前的旧衣,我几乎找不到一件没穿过的新衣。他对于穿着不太讲究,和我一样,他喜欢随意休闲的风格。我不敢翻动那些衣服,我怕惊扰到在衣橱边靠在沙发上的他。我想去给他买套新的。可天色已晚,附近的商店除了一家食品店其余都关了。

警察说，那就这样？赤条条？

我说就这样，赤条条。

我俯身摸了摸我哥的手。冰凉却柔软。那是我最后一次抚摸他的身体。

车很快就来了。是一辆全新的加长版的凯迪拉克。这也许就是警察说的那种最好的车。但我想这肯定不是我哥眼中最好的车。他很小的时候祖父就告诉他，最好的车是劳斯莱斯。祖父年轻时有一辆，到后来，车自然就没了。

车子停在只有它才敢停的门前马路边。

我看见警察拿了条床单把我哥的身体裹上。

我跟着他的身体。

下楼时，邻居从他的厨房拿了一个碗塞到我手里，让我在他上车时摔了它。

我看着他们把他塞入车里。

我一直捏着手里那只碗。

看着车走远,我才想起把碗摔在路边。

车子很快消失在车流中。

我听见碗的破碎声。

警察走后,我再次走进卧室。

卧室的地板,以及衣橱的镜子上、沙发上,到处都是从他身体里溅出来的血。我试着拿毛巾想把镜子上的血擦拭掉。我看着镜子里的自己。想象着我哥看着镜子里那平静的表情。没有眼神。没有恐惧。没有欲望。什么也没有。就如同一个完全陌生的人。

这么多年来,我好像第一次看见他那么平静的脸部表情,那表情还是童年时,不用上学的星期天的早晨醒来时才有的。

我不知道在那个夜晚,在他平静的内心里,究竟经历了怎样的黑暗,怎样的痛苦,又是怎样的漠然。

他漠视周围的一切。

漠视所有的人。

他的父母。他的女人。我。这一刻都消失了。

这个狭小的空间,已容不下他的自由之身。

他厌倦了这一切。

一切都结束了。

我来到街上,我想我是不是该给他去买些花。

走过两条马路,我才看见一家花店。

花店老板娘正准备关门回家。花店里只剩下些白天客人挑剩下的百合和康乃馨,还有一些已枯萎耷拉着的白色菊花。老板娘穿着一条粉红色花格子睡裤,热情地招呼我。我买下了花店里所有的花,老板娘十分高兴地问要不要帮我送过去。我说不用了,谢谢!

出了花店,我才意识到我已经一天都没吃东西。我来到这条街上唯一还开着的那家食品店。

这是家三十年没变过的店。我熟悉每一个玻璃橱柜里的东西。那里曾经是我和我哥童年时的天堂。我们常常从祖父换洗下来的衣服兜里,找到遗漏的一毛钱、五分或者两分的硬币,然后疯跑着穿过马路,在这家食品店,买一块萨其马或者一小包桂花香糕,一小包橘红糕。如果只有几分钱,便买一小包五彩的弹子糖。

还是这个玻璃柜台。

我一眼就认出三十年前糖果柜台的那个年轻女售货员，如今已是一个肥胖过度的老女人。那时觉得她很漂亮，每次买东西前，或是买完东西后，我都会在柜台前多站一会。而我哥每次付完钱，拿了东西，就飞奔回家。

我捧着一大袋花往回走。我想把它们铺满房间的地板和沙发，铺盖在他的鲜血之上。我不想明天我父母到来时，看到那些溅得满地的鲜血。

做完这些，我站在空荡荡的屋子中间，原本十分拥挤的房间，如今却怎么都填补不满。我看见镜子里的我，如同站在荒原上找不到同伴的一头孤独的狼。

这是我记忆中最漫长的一夜。在那个黑暗的夜里，我站在风中的路口，看着那辆装着他躯体的黑色车子，迅速地穿过街边的一片霓虹之中。我才知道死是容易的。很多年前读波伏瓦的《死是容易的》，我一直以为这是一本简单的书。那晚我站在一切都变得陌生的路口，我依旧认为那是一本简单的书，简单到只是一个简单的字。只是我一直没有读懂。我知道我永远都无法读懂这本书。

就像我无法读懂那个夜晚。

读懂那个瞬间。

那个站在镜子前的他。

我哥出生时是个下大雪的冬天。

草都黄了。

他属兔。

父亲说我哥福气好。冬天的兔子,不用外出觅食,满地都是吃不完的枯黄了的草。

我哥的童年似乎有吃不完的草。

那时被抄了家的祖父,除了几件抄不走的破旧家具,家里什么都没留下。只有那些散落在家具抽屉里的旧照片,还依稀可见祖父和祖母年轻时的体面生活。白色的奔驰汽车。白色的西服。白色的小洋楼。祖父除了大小姐出身的祖母外,还有一个相好的广东小姐。后来她成了我祖父没有名分的小姨太。

父亲说祖父年轻时很风光,在美国花旗洋行和壳牌石油都有股份。上海解放时,祖父在花旗大楼,吓得把大把的美元和金条塞入马桶。他听说像他这样的买办资本家都会被拉去枪毙。后来他独自逃去了香港,计划安顿好一切,再接我祖母和我不满十岁的父亲过去。结果被我祖母一封生死诀别的信给叫了回来。祖母在信中说,一个当兵的背着枪问她我祖父去了哪里?她在信中反复强调如果我祖父不回来,就可能再也见不到他们了。她惧怕我祖父的出逃会导致她和我父亲被拖去枪毙。当兵的走后,祖母当场就昏厥了过去,并连着发了好几天高烧。祖父在读了信后,整日以泪洗面。没多久,他就揣着我祖母的信,从香港辗转回到了上海。当他回来时,看见我祖母正在厨房吃一碗红豆莲子羹。

祖父气得当天晚上就去了广东女人的家。

我哥说祖母的天生胆小怕事,才造成了祖父老大徒伤悲的一生,才造成了我家的一贫如洗,才有了之后一贫如洗的生活,和一贫如洗带来的所有遭遇。

我哥出生后，祖父就很少去广东女人家了。在他渐渐年老时，他最开心的事就是在星期天的早上，带着我哥，去德大西菜社。那是一家创建于1897年的老牌西餐厅，开在当时虹口的塘沽路上，离我太外祖父开的工厂很近，祖父年轻时常和那些商会的大亨、小开在那喝咖啡、聊生意。几十年来，他一直念念不忘那里以前那厚重的旋转门、深色的木质楼梯、高挑的吊顶、实木的桌椅、西式的窗楣、复古的吧台，以及美好的下午时光。如今他会把平时省下来的钱，给我哥买一块那里的巧克力熔岩蛋糕。

收拾完房间,我独自走在街上。

所有的店都关了。街上已不见了行人。

晚上没风。月光很亮。

我站在路边,给市刑侦总队的朋友打了电话,让他帮我仔细查看一下今天下午警察的检查报告。下午警察对我说了什么,我都回想不起来。只记得他说确认是自杀。我知道这报告对我和我哥都毫无意义。只是我觉得似乎应该为我哥做点什么。朋友问了哪个警署,说明天一早亲自去查看一下。我朋友是个有名的老刑警,我之前在报社时采访过他,后来我们成了哥们。

我低着头走了很远,才想起我的车还停在我哥家楼下。我往回走时,母亲又打来电话。

下午母亲也打过电话,问看见我哥没。

我说看见了。

她说,自杀?

我说是。警察刚确认。

母亲在电话里停顿了好一会,说:"死了?"

我说是。可能是昨天半夜,也可能是今天凌晨。

我站在路口,告诉母亲说一切都处理好了。我刚去买了点花。我突然有些哽咽。

母亲说她订了明天一早的航班。又说:"你早点回去休息。一切等明天再说。"

之后,母亲就挂了电话。

我不知是该回家还是继续在街上走。

我给老查打了个电话。告诉他我哥自杀的事。我说我实在不知道明天如何面对我父母。老查是我大学时代的老师。毕业后我们成了无话不说的兄弟。

他说:"你在哪?"

我说刚处理完,马上回去。

他说一会来我家。

挂了电话,我在路边坐下。

我看见那只摔碎的碗还在路边。

一辆公交车从我眼前驶过。

一阵风。

碗的碎片依旧完好。

到家时已近午夜。

没一会,老查就到了。他进门时拍了拍我后背。

之后,我和老查,我们两个人在黑暗中坐了很久。

我说了我哥靠在沙发上的样子。他的致命伤口。他的血。

我反复说,他为什么要这样?

我说我真不知道明天如何面对我父母,该说些什么。

之后,我和老查都不说话。

我们在黑暗里一直坐着。

我能听见弥漫在空气中的沉重呼吸声和叹息声。

像黑夜。

天快亮时,老查才走。临走时他拍着我后背,说照顾好你父母。

出门时,他说,告别那天告诉他。他来。

第二天一早。我站在机场的大厅静静地等候我父母到来。我不知道在我父母走出机场的那个瞬间，我该说些什么。我也不知道他们会不会像其他父母一样，在机场失声痛哭。

在老查走后的那个夜晚，我在黑暗中又坐了很久。天亮时，我还是没勇气一个人去机场面对我父母。我给我舅舅和姨婆各打了一个电话。电话里我支支吾吾地说了我哥突然死亡的事。对于死亡的原因，我只是含糊地说是突发心脏病。我告诉了他们我父母一早的航班号。他们在电话里惊讶伤感了半天，然后说他们会一起去机场。

挂了电话，我终于长长地松了一口气，起身去洗了个澡。洗澡时才感觉到有点饿。我已经一天一夜没吃东西，连一口水都没喝。

吃早饭时，我又想起我哥在沙发上的样子。想到此时他一个人赤条条地躺在冷柜里，我的身体就一阵阵发冷。

我坐到窗前的阳光里,看着满园的落叶和枯枝,秋天早晨的阳光,透着和我身体一样的清冷。

到达机场时,舅舅和姨婆已经早早地等候在机场出口处。他们一边看着大屏幕上翻动的航班到达信息,一边不停地哀叹着。舅妈在我边上一直自言自语地重复着多好的孩子,而我,只是一遍遍地含糊重复着我哥的死亡原因。

飞机晚点了三个小时。

我看见我父母平静地走出机场,在意外地见到我姨婆和舅舅的瞬间,父亲的眼睛有些湿润,但很快就止住了泪水。母亲低着头,只轻声招呼了一下,便一个人走在了前面。舅舅和姨婆也快步走在了她边上。

之后,谁也没再说话。

上车时,父亲说上海的天气比北京好。

外面阳光遍地。

到家后,母亲就在沙发上坐着。

父亲坐在另一个沙发上。

我姨婆又重复问了一遍我哥死亡的原因。又反复地说那么年轻,好好的怎么会这么突然?

母亲低着头,一直在摆弄她的手,偶尔摇一下头。

舅舅则不时地宽慰着我父母。他的嗓音有些沙哑。说到激动时,嗓门有些大。他抱怨这个社会,对年轻人的生活压力,他觉得我哥那么年轻就死于心脏病,和这该死的社会有着很大的关系。

房间里安静得只有叹息声。

舅舅和我母亲回忆起他们年轻时的日子,他们无忧无虑的童年,以及我外祖父对他们的宠溺。这是他每次见到我母亲都会说的话题。说起那时和我母亲一起上学，我外祖父每天都会给他们一块大洋的零花钱，并叮嘱他们去学校路上万一遇见流氓，记得把钱给流氓，这样流氓就不会伤害到他们。舅舅每次说到这里都会激动着大嗓门对我父亲说，他那时怎么保护他的阿姐。今天他说到这里时，他的手一边抚摸着母亲的肩，声音一下子哽咽了起来。

舅舅哭了。

母亲坚持说，我哥的棺木和那天穿的衣服、盖的被子她来买。

那是母亲那晚唯一说的话。

第二天早晨,我开车带我父母去我哥家。

出门时,寒冷的空气像是冬天。

父母在车上依旧一句话都没有。

快到时,我放慢了车速。透过车窗,我看见我哥临街的房间,窗户一直开着,一缕阳光穿过街边的梧桐树照进屋里,以前祖母经常在有太阳的天气在窗台上晒被子。

我在想那天买的花是不是都已枯萎了。

车进天井时,邻居们拎着一早买的菜围了上来。父亲下车时笑着和他们打招呼。他从小生活在这个院子里,那些年长的邻居都是他儿时的玩伴。他们看见我父亲时眼睛一下红红的,有几个老太太还轻轻地抽泣起来。

父亲上了狭窄的楼梯,他高大的身躯在楼梯间显得有些颤颤巍巍。

母亲紧随其后。

一上楼,邻居老五就亮着嗓门拉住我父亲的手,说巴黎爸爸,亮亮没了。话没说完,她就哭了。亮亮是她给我哥起的小名。我哥名字里没有"亮亮"这个词,我不知道她为什么叫我哥亮亮。可能是叫着好听。她从小叫我父亲巴黎爸爸,那是因为有一次我父亲在公用的厨房间熨烫刚晾干的一双袜子,正好被老五看见,她说我父亲从来都穿戴得像法国电影里的绅士。

老五是我哥最好的拍档,从小和我哥形影不离。她长我哥几岁,家里五个孩子,她是最小的一个,排行老五。她像姐一样袒护着他。小的时候,我哥闯了祸打碎了东西,她都会向我祖父做证是我干的,与我哥无关。我从小就有点恼她,而她做完伪证后,又会剥个橘子或抓一把太妃糖来宽慰我。她长得好看,脸上长着性感的雀斑,笑起来的声音像一串清脆的铃铛。她身体一直不太好,有先天性心脏病。读书也不好,后来干脆辍了学,在家闲着。白天她喜欢趴在窗台上看街景,看一辆辆有轨电车从窗外的梧桐树下开过。看街上谈恋爱的人走来走去。

她很早结婚。恋爱时从来没有像街上的那些恋人那样,在梧桐树下散步。她嫁了个开运输卡车的司机。和她一样,苏州人。是个秀气文静的男人,看着不像开运输卡车的,而是像诗里写的下雨天会在弄堂里为姑娘撑着油纸伞的那种。只是他从来没有在下雨天为老五撑过油纸伞。一是因为他要开车跑运输,很少有空闲时间。二是因为老五只喜欢趴着窗看街景,不喜欢去街上散步,更不喜欢在下雨天的梧桐树下散步。

结了婚的老五,对我哥一如既往地好。有什么好吃的就拿来往我哥嘴里送,我哥没结婚前,她甚至会当着卡车司机的老公面帮他洗袜子和内衣裤,会拉着他一起去看电影。

母亲站在屋子中央。

她环顾着四周。

窗外的阳光映照在空空的大床上,透着和往日清晨一样的心情。这本该是一个忙碌而愉快的早晨。

我看着一地枯萎的花枝。镜子上的血迹如斑驳的油漆。沙发、地上、空气中,都弥漫着我哥身体的气息。

母亲站在镜子前,用手抚摸了一下斑驳的血迹。又看了一眼窗下的沙发。

那个沙发的角落。

沙发上的一摊被吸干的血迹。

我哥坐在那个角落。赤身裸体。

他又重新回到了母亲的身体里。

父亲去了厨房,看着屋檐外,一声不吭。

草在秋风中抖动。

老五一直在父亲身边抽泣。

我没有向父母描述那晚的情景。

屋子里只有我哥走远的声音。

母亲在空空的床沿边坐下。用手抚了一下床单。

她低着头。不再看周围的一切。

她说:"你为什么要采取这样的方式,这样残酷的方式,对你自己。"

母亲在自言自语。

之后,我听见楼梯声响。是我嫂子。陪同她的还有她父母。

她母亲是个精练能干的福建女人。瘦矮的个子,走路说话像一阵风。她父亲性格沉默,很少说话。
家里应有的一切都是女人说了算。

她母亲上楼和我母亲轻声打了个招呼。

母亲依旧低着头。看着地上的阳光,和地上的血迹。

她母亲打完招呼便一直拉着她女儿的手,不知所措地站着。

她女儿低着头,看手。

我父亲进来和她父母简单说了一下葬礼那天的安排。他说了他的想法,他不想太多商量这事,只是告诉了他们他的想法。

她母亲说都听我父亲的。

我父亲看了一眼我嫂子,说:"你身体还好吗?"

我嫂子呆滞地点着头。

她母亲说她一直在吃药。

父亲说:"那你也当心好身体。"又说事情已经这样了,就不要多想了。

我嫂子依旧呆滞地点点头。她的眼睛茫然地看着四周,茫然地看着眼前的一切。

我父亲不说话的时候,她也一直点着头。

透过百叶窗,她的目光停留在对面的那个窗台。她说对面那家人家从来不打开窗帘。

我哥从小的梦想是当一个公交车司机。

没人知道为什么他会有这个梦想。

他说他喜欢看司机转动方向盘的样子,特别是还戴着一副白手套。

那时放学回来的他,时常将家里的所有凳子排成两排,把它想象成车厢。然后他坐在凳子中间,在车头的凳子上放上一个脸盆,那是模拟的方向盘。再戴上一副纱厂用的白纱手套,装模作样地开起了车。

老五每次都斜挎一个小包,做他的售票员。我坐在后排,扮演一个上下车的陌生乘客。他的车可以在原地开一个上午。开累了就靠在老五身上。老五抱着他。他是老五结婚前唯一抱过的男人。

从那时起,他的车就一直在原地,从来没有开出他的世界。可他一直开得很专注。那份专注是我后来才明白的。

明白他的那天,他下了车。

他一个人走了很远。

很快,就不见了。

至死,他都没有在路上开过车。

我哥结婚时没放鞭炮。

从我哥家里出来,我陪着父亲去放大一张葬礼上用的照片。走了很长的路,都没在附近找到冲印照片的店。父亲记忆中的照相馆都关门倒闭了。

路上,父亲开玩笑地说,我哥的死是不是和他婚礼那天没放鞭炮有关?

我哥向来对那些习俗不屑。比如婚礼酒席宴上的敬酒点烟,在婚床上铺上一堆红枣花生,结婚时燃放鞭炮,过年放上节节高甘蔗,所有这些在他眼里都是那么滑稽可笑。他不相信这些会给人带来好运。他喜欢简单、自然。喜欢不拘一格。喜欢随性。

他在婚礼上甚至穿了一身休闲的夹克。

婚后没多久,他才知道我嫂子有家族遗传的精神疾病。

他没有告诉任何人。我的祖母、我父母、我。

直到她住进了医院。

我祖母临终时说过唯一一句话就是让我哥把那件挂在房门背后的羽绒服洗了。

那件羽绒服在房门背后已经挂了有十年。

那天,她神志不清时拉着我父亲的手,说我哥的不幸都因为那件冬天的羽绒服。自从我嫂子嫁给我哥那天起,那件羽绒服就一直在门背后挂着。从冬天挂到夏天,又从夏天一直挂到冬天。就这样年复一年地挂着。她说我嫂子除了整天坐着,对着我哥笑之外,什么也不会。什么也不做。她说她太懒,太好吃懒做。她说我哥这只冬天的兔子迟早没饭吃。她说那件羽绒服从她嫁给我哥那天起,就一直在门背后挂着,从来就没收起来过。父亲听了不以为然,他宽慰祖母说那件羽绒服如果不要,再买一件新的就是。

可在我祖母眼里,我嫂子就像是那件在门背后挂了很多年的羽绒服。

祖母不知道我嫂子有家族遗传的精神疾病。

自从我哥轻描淡写地告诉她之后，我祖母从不认为精神忧郁是一种疾病，她始终觉得那只是人在心情不好时的一种状态，是一种性格脆弱的表现，是自己不能承受逆境困难的一种借口，甚至是为自己的懒惰找借口。她时常向我哥回忆起自己的一生，她说除了童年和当年嫁给我祖父这个没用的老头子时有过短暂的快乐时光外，在之后的漫长日子里，她一直生活在操劳和提心吊胆的种种惊吓之中，生活在风雨飘摇的恐惧之中。她的一生无时无刻不在忧郁和悲伤中度过。可她坚强地活到了现在。

我嫂子终日在家不说话，不勤持家务，常常一整个下午面无喜色地独自坐着发呆。祖母就每天坐在厨房间的小矮凳上，给我父亲一封一封地写信，信中反复说的就是我哥很不快乐，我嫂子终日什么事也不做，每天开着电视，即使不看也开着，浪费电，就知道坐着发呆。她说她现在年纪越来越大，做不动了，又说她走了以后我哥的生活怎么办。说两个人都不会买菜，不会做饭。她说她整夜整夜在小阁楼里睡不着觉。凡此种种，总之她最放心不下的就是我哥。

我哥起初也不知道我嫂子的病。他第一次在厂里见到她时，她冲着他笑。她不太说话，说话时声音很轻、很柔弱。之后他们常一起吃饭。她经常对他笑。他和她说什么，她都简单地回答说好或者不好，更多的时候就是笑笑。我哥说她脾气好，人又文静，从不与人争吵。她对任何人都只是笑笑。直到她住进了医院。她的母亲才告诉我哥她女儿的病情，说之前有过几次发病，看了医生，之后时好时坏。他们对这病也不以为意，觉得只是性格太过内向所致。认识我哥之后，就很少再发过病。他们也就从来没有对我哥说起这一切。

进了医院后，她见任何人都不说话。

我哥每天下午都去看她，她看见我哥就微微地笑。医生说她只对我哥笑，他走了她就不再笑了。

我哥说她笑起来的样子还是很好看。只是看着让人可怜。

医生说她之前的忧郁症越来越严重了。有时我哥只能隔着门看她。

看完,从医院走回去,他一直走到天黑。

那些年,他一直不离不弃守护着她。

我嫂子出院前一天，他下岗了。

厂里说效益不好，生产的自动化仪器太过落后，作为工程师，厂长说他其实很需要他，但这次厂里有规定，夫妻在同一个工厂，只能留一个。我嫂子身体有病，原则上不能轻易辞退。

我哥说他走。

他没有告诉我祖母。他怕她又没完没了地像提起那件挂在门背后的羽绒服一样提我嫂子。他也没告诉我父母。更没告诉我。他觉得这是他大学毕业后遇到的第一件难以启齿的事。他依旧每天上午和我嫂子一起出门，天黑时回家。每天的白天他在哪，无人知晓。我之后常想象他一个人，坐在那家报刊亭对面的街心花园的台阶上，反复翻看一本《舰船知识》。

后来，他去应聘过银行的保安，做过销售，在超市货架上货。这些都是过了很久之后我才知道的。

我问他为什么。他说什么也不为。

那天,他的那双十分明亮的眼睛很忧郁。就像我嫂子。

后来,我给他找了一家刚上市的科技公司的工作,他似乎重新变得开朗起来。只是我们之间的话越来越少。他说的最多的那句话就是我不会给你丢脸。

之后,他每天皱着眉,一个人走在街上。

他变得越来越沉默少语。

我们很少见面。偶尔我去看他,没说几句话,他就会闭上眼,独自坐在沙发角落里,眉头紧锁,仿佛有一堆的心事要想。我常常不自在地坐在床边,找一些话题说,而我所说的,他似乎根本就没在听。

吃饭时,他也不再说些冷幽默的话来活跃气氛。祖母经常站在厨房的门廊上,看着他吃。她总是在他吃完后才去吃。她看着他吃饭时唉声叹气的样子,想安慰又不知如何安慰。她怕说错了话更惹他不开心。她只是反复唠叨那几句,说你不要担心,日子会慢慢好起来的。

再后来,祖母为了不增加他的压力负担,主动向我父亲提出去养老院生活。父亲斟酌再三,最终还是同意送我祖母去养老院过渡一段时间。他内心希望我祖母去了养老院之后,给我哥和我嫂两个人留出足够的空间,过自己想过的生活。他希望看到他们的心情就此变得开朗起来,也希望对我嫂子的抑郁症有所缓解。可事实是,自从祖母去了养老院之后,他们几乎都不做饭菜,每天在门口的小饭馆叫些简单的菜来吃。他们变得更加沉默寡言。无论在饭桌上,还是晚上开着电视躺在床上。我哥闭目在床上时,我嫂子就独自对着电视,不置可否地一个人笑。

他对他的生活越来越麻木。

他很少向我聊起他闭目皱眉时的那些心事。或者说从不与我聊起他的真实想法，对任何事、任何人，以及他自己。在我面前，他永远装得若无其事一般。他偶尔会像一个大哥一样叮嘱我几句，诸如少说些对这个社会不满的话。"说这些对你没什么好处，你也改变不了这一切。"他说这话时语重心长的口吻就像是我的父亲。之后，他又会说些不着边际的玩笑话来扯开话题，来掩盖他的心事。然后说："你记得管好你自己，不用担心我。我挺好。"每次他都会去楼下的熟食店，买些我们共同喜欢的熟菜来留我一起吃饭。他很少让我去饭店请客，除非我父母来上海。

渐渐地，我对他的生活越来越一无所知了。

我对于我哥的记忆始终是模糊的。

他对于我祖母一辈子活在担忧里一直心存怨恨。自从当年我祖母在厨房间给我祖父写的那封信发出后,生活就像决了口的大坝一样变得越来越糟。祖父回来后没多久,就被关押在一个废弃的城市防空洞里,没完没了地审查,交代各种历史问题。他后来回忆说,防空洞里阴冷潮湿,墙沿不停地渗水出来,顶上的湿气凝结成水珠一直往下滴,昏暗的灯光下可以看见四处乱窜的老鼠。祖父只穿着单衣,没多久就发起了高烧,而那些"革命小将"根本不管不顾,也不给药,高烧不退导致了急性肺炎,之后,又引发了急性肝炎,在没有医治的情况下,很快就转变成了慢性肝炎。祖父想过死。可他又放不下我祖母。祖母每天在惶恐中小心翼翼地过着艰难日子。祖父在八十岁那年,死于肝癌。我哥一直认为祖父的死与当年被关押在阴冷的防空洞有关。

祖母自从祖父被关押进防空洞后,窗外每刮过一阵风都可以把她的胆和灵魂刮走。在很长的一段日子，她听见陌生的楼梯声和突然的敲门声都会心悸发抖。

在我哥漫长的中学时代，她不让他在学校交同学、朋友，怕他交上坏人。她也不让他参加任何课外活动。她不允许他离开她的视野半步。他放学晚到家半小时，甚至几分钟，她都会胡思乱想，然后她会沿着我哥放学回家的路一直找到学校。对于生活中的任何意外，她都变得异常焦虑。她的焦虑让我哥在很长的时间里，一直都过着自我封闭的生活。他没有同学，没有社交，从不参加学校的夏令营，也从不和同学在放学后一起打球玩耍。大学毕业后，他几乎从不和他的同事朋友下班后一起吃饭。在以后很长的日子里，他成了一个没有朋友的孤独的人。

他每天做的唯一一件事，就是准时地出现在我祖母的视野中。分秒不差。

他埋头吃饭。吃完就在沙发上坐着。他的话越来越少。他不再去街上的那家报刊亭,准时地买一本新出的《舰船知识》。

祖母年轻时是少有地好看。在我很小的时候，在祖母的床头柜的玻璃下，压着一张照片，照片里的祖母才十九岁，在冬日的黄昏里，她坐在公园的一条长凳上。祖母梳着时髦的鬈发，身着旗袍，外套一件裘皮大衣。细挑的身材，眼睛微微有些凹陷，细巧坚挺的鼻子，手插在暖手套里。我想那就是后来人们所说的民国名媛的样子。我哥、我父亲和我的坚挺的鼻子，都遗传自我祖母。

祖母的父亲，风光时有六家工厂，还投资了美孚石油和花旗洋行。在抄家洗劫一空后，我哥曾在一个橱柜的抽屉角落，在一堆破旧袜子里，发现了一张面值三亿银元的公司债券。

在他一个人的下午，他爬上凳子，把那张印着三亿银元图案的纸片，折成了一个纸飞机，扔出了窗外。飞机转了半圈，被搁置在了窗外一棵梧桐树枝上。他试着拿一根晾衣竿去拨，却又怕自己从窗口跌落下去。好几天，那纸飞机都一直孤零零地挂着。一抬头就能看见那三个亿。

直到有一天晚上,窗外刮起了西北风。一早起来,三个亿的飞机飞走了。这是他第一次败家。年仅六岁。

过了很多天,他才悄悄把这事告诉了祖父。祖父并没生气,而是说,老蒋都逃去台湾了,这张国民党政府发行的国债早已是一张废纸。然后他用宁波上海话骂了句娘。

我哥说,祖父原来也是一个败家子。

祖母在祖父去世后,又历经了几次抄家,家中变得一贫如洗。为了维持生活,她去居委会,在几次哀求之后,终于有了一份工作。在德里坊的公用电话间,叫传呼电话。每叫一个电话,一分钱。祖母每天十个小时穿梭于德里坊的几十家邻居之间。找到工作的祖母,尽管辛苦,可心情就像鲁迅小说里刚捐了门槛的祥林嫂一样。

那一年，祖母六十岁。

那年的冬天，大雪。祖母一早起来，戴了一个黑色的绒线帽，绒线帽的两条下摆绕在脖子间算是围巾。祖母穿了一双短雨靴，又用一小截草绳扎在鞋底，以防止雪滑。

下了雪的德里坊一天都很安静，弄堂都积了浅浅的一层雪。只有祖母一个人在雪中走。有时是一个电话，有时手里拿着几张电话传呼单。雪落在祖母已有些驼了的清瘦背影上，绒线帽早已被雪打湿。在没有电话的间隙，祖母会拿着医院丢弃的空盐水瓶，灌上热水，焐一会儿手。这个位于弄堂口的电话传呼间不足一个平米，冬天挂了一块棉帘子用来挡风，两台电话放在窗口的搁板上，窗户从早到晚都开着，呼啸的寒风不停往里钻。午饭和晚饭祖母都从家里带来，经常吃不了两口就又跑出去叫电话了，等叫完电话回来，饭菜早已冰冷。祖母便倒上些开水泡热了吃。等再叫完下一个电话，泡饭的水冷了，只能倒了重新再泡。就这样一顿饭经常往返几个小时也没吃完。

当祖母把她积攒的十年传呼电话收入交给我哥时,他说他不知为什么想起了祖父从香港回到上海的那个下午,祖母在厨房间吃一碗红豆莲子羹的情景。

我哥把那些钱存在一张单独的银行卡里,直到他死,那钱都一分没动,全留给了我嫂子。

父亲说我的太外祖父当年在上海大杨浦开了十几家厂。他九岁时就从宁波乡下来到上海当学徒。太外祖父年轻时十分勤快，又很能吃苦。后来他开了自己的铺子，生意越做越大。

父亲八十岁那年，我陪他去找寻太外祖父当年在大杨浦开的好几家工厂，在现在的提篮桥监狱附近。路上父亲说起小时候太外祖父带着他，去下海庙吃素食点心的情景。在一排石库门弄堂口，父亲惊喜地找到了太外祖父当年买下的房子。他站在那一排石库门房子前，用手不停地比画着，回忆起他快乐的童年。

黄昏时的弄堂有些喧哗。孩子们在弄堂间来回奔跑。弄堂的过道挂满了晾晒的衣服和棉被，女人们的五颜六色的胸罩和内裤也夹杂其中。石库门里到处是准备晚饭的人，嚷嚷声和叫骂声充斥在每家每户。我问起父亲是不是有认识的邻居。父亲说解放后，太外祖父从这里搬了出来，房子也被没收充公，分给了那些人住，自此之后，太外祖父就再没带他回到过这里。

父亲说,我的祖父年轻时终日开着那辆白色奔驰,像个纨绔子弟一样到处游荡。太外祖父给他投资一个工厂,他败掉一个。太外祖父临终时,对着祖父长叹一声:"少壮不努力,老大徒伤悲。"后来在我祖父临终时,他对着我哥也同样长叹一声,艰难地说了一遍,让他不要像他一样老了徒伤悲。父亲在说起这段往事时,让我想起了菲茨杰拉德写的《了不起的盖茨比》。

那天父亲带着我去下海庙吃了碗素斋面,买了几包太外祖父以前常买给他吃的点心。父亲说点心已全然没有童年的味道。

在大殿前一块进香的空地,父亲突然说起祖母叫传呼电话的事。父亲说那时你祖母叫一个传呼电话一分钱,后来涨到两分。涨到三分钱时,祖母给他写了一封长长的信,告诉他这个好消息。祖母说她已攒起了好几百块钱。父亲说:"那几百块钱你祖母一直没舍得用,后来全部留给了你哥,你哥又留给了你嫂子,如今,这几百块钱也只能吃几碗素斋面和买几包点心了。"

父亲说那封信他一直留着,说:"什么时候给你,你收好了。"

父亲不再说话。

他怔怔地看着天空。眯着眼睛。

父亲原本高大的身躯,在冬日的阳光下,显得有些佝偻。

年老的父亲已不再进香。

他在殿前的空地上,拎着点心,就这样站了很久。

我出生那年，母亲参与设计的人造卫星正好发射上天，外祖父很高兴地给我取了个名字叫宇，寓意卫星飞向宇宙。

母亲在生下我不到两个月，便赶去了西北荒漠中的卫星发射基地。我也因此早早地断了奶。母亲说我出生时有八磅多，比我哥足足重了一磅，可没有了母乳的喂养，很快就瘦得像一只非洲小猴。母亲把我放在了外祖父、外祖母家。我哥则和我的祖父祖母一起生活。外祖母为了能让我尽快长胖绞尽了脑汁。她每天去邻居家要来米汤喂养我。邻居是个胖胖的大个子女人，一个有五个孩子的光荣妈妈，她是个大嗓门，每天乐呵呵的。她对我外祖母说，她家人多，每天要煮一大锅饭，煮饭时多加一大碗水就是。在之后很长的一段时间里，她每天都会准时给我外祖母留出一碗浓稠的米汤。等母亲从卫星基地赶回上海来看我时，我已从一个瘦猴变得又黑又胖起来。后来，母亲每每说起这事，都觉得有愧于我。她说我哥生下来时，有喝不完的奶水，所以长得又白又胖，而我却一口奶水都没喝着，靠着米汤长大。而我对此却并不以为意，长大后，还养成了爱喝米粥的习惯。

外祖父在解放前创下的家业，在解放后就全部公私合营了。外祖父和我祖父的命运一样，公私合营后，又历经了抄家，交代各种历史遗留问题。原来的房子，也被分割成大大小小的房间，住进了十几家人家。

外祖父似乎并不介意和他们成为邻居。一到夏天，他开着门窗，吃饭时和他们一起聊天，开各种玩笑，并和他们共同分享好吃的菜肴。生日时，他把下好的一碗碗面条，放上一匙八宝辣酱和几根鸡毛菜，然后给邻居们端去。在一次次的抄家和批斗中，邻居们纷纷以工人阶级不可动摇的力量保护了外祖父，让他少受了许多责打和折磨。

公私合营后的外祖父，在他自己产业下的一家建材公司当了看门员，直到退休。那时的他经常要值夜班，每次值班，我都会在仓库里看书写作业。

每次水泥到货时，外祖父便把一块长布条从头上一直披到肩上，然后背对着货车，货车上的工人把一包包重达一百斤的水泥竖立在外祖父的肩上，外祖父两手便紧紧抓牢水泥袋上端的两只角，弯着腰，一步步地挪进仓库，然后在水泥堆放处，慢慢直起腰，松开双手，水泥包就顺着外祖父的脊背，重重地滑向地上的水泥堆里，顿时，仓库里便四处弥漫着呛鼻的水泥灰尘。一车的水泥全部卸完要几个小时。在清点完毕后，再把装运来的黄沙，卸在指定地点。做完这一切，外祖父带着一身的水泥灰土，牵着我的手一起回家。进家门前，他总是习惯性地用袖套掸干净身上的水泥，然后用冷水清洗脸上和留在鼻孔里的水泥灰土。而那时的我，会陪他一起再吃点晚饭。高兴时，外祖父会喝上一小口五加皮老酒，给我说些解放前他出来当学徒的往事，或者《三国演义》里草船借箭的故事，有时还会说说他当年喜欢的明星周旋演的电影。

而那时的建材公司归工宣队领导。新来的领导比我外祖父年轻，每天穿着一套干干净净的中山装，上衣的口袋里总夹着两支笔，一支红色，一支黑色，用来签署各种文件和汇报材料。他上班夹着的包也干净得一点水泥灰尘都没有。他说话的嗓音有点像鸭子叫。他对我外祖父还算客气，只是每次我外祖父向他汇报仓库的情况，以及每天货物进出的清单时，他便摆出一副高高在上的姿态，说话时眼睛也从不看着我外祖父。

他的儿子和我在一个学校读书。放学后，我经常会在建材公司遇见他，只是我在到处都弥漫着灰土的仓库里看书写作业，而他则是在窗明几净的二楼，我外祖父以前的宽敞办公室里，边喝着汽水边写作业。到了下班时间，他和他的父亲一样，趾高气扬地从我身边走过，很少会看我一眼。而我的外祖父每次都会牵着我的手，客客气气地和他们打招呼。

中学毕业后，我进了大学，之后又进了报社，当了一名记者编辑。而他的儿子居然是我版面的校对。每次我去印刷厂查看报纸大样时,他都低着头在校对,因为眼睛深度近视,校对时,他的头低得都快碰到报纸了。在认真地校对完每一个字后,他会交给我签字,可他依旧很少看着我。

在我回家有些得意地告诉我外祖父时,外祖父说:"你要对他好点,他是你小时候一起长大的伙伴。"

每个星期六的下午,祖父都会送我哥来外祖父家住上一晚,然后在星期天的下午,再把他接回去。外祖父每次都会和我祖父说,应该让他学会独自出门。祖父总是说他还小,祖母不放心他独自一个人外出。外祖父就会说起他十三岁从周浦乡下来到上海滩做学徒的事。祖父每次听完,都会说上一句,他哪能和外公比。然后依旧准时在每个周末接送我哥。

祖父走后,外祖父会把我哥叫到跟前,一边重复说他在我哥这个年纪,出来当学徒的种种艰辛。一边告诉他,一个男人应该学会自立。

"什么事都不用怕,没啥了不起的,天塌不下来。"每次说完这句,外祖父就从我够不着的一个饼干罐子里,把藏着的一小块碎巧克力或者一块小方蛋糕拿给我哥,高兴地看着他吃。对在一边既眼馋又妒忌不满的我,他总是说:"你哥难得来,你就大方点,让他多吃点。"临走时,外祖父还会把周浦乡下带来的玉米、水蜜桃和上海蜜梨都给我哥带上。

那时,我就觉得谁都对我哥最好。所有人的眼里都只有我哥。

公私合营后，外祖父就一直过着拮据的生活。尽管那时国家允许资本家自定工资，面对新形势，外祖父还是谨小慎微地给自己定了一份仅够温饱的工资。外祖母则去纱厂当了一名女工。直到二十世纪七十年代，外祖母每月的工资仅十五元。她精打细算着每一分钱。每年春节配给供应的食物，十几条年糕、一小包红枣花生、一斤白糖、几两木耳，她都小心翼翼地珍藏在各种瓦罐中。

有一次，家中一罐面粉时间久了，都发霉长出了细小的绿毛。外祖母不舍得扔掉，就把长了霉点的部分小心地挑拣出来，然后放上些白糖，调成面糊，摊了一个面饼。她没舍得吃，算好了我放学的时间，留着给我吃。放了糖的面饼吃着依旧很香，可到了半夜，我一阵阵想吐，打出的嗝满是一股臭鸡蛋味，我硬忍着没舍得把白天的面饼吐出来。

我清楚地记得，并曾很多次用我的文字记录下那个星期天的下午。我陪同外祖母去纱厂领取每月十五元的工资。出了厂门，在老西门的一家新华书店，我在柜台前让一个年轻的营业员拿了一本《爱的荒漠》，那是法国作家莫里亚克的小说。我在柜台前翻看半天，当营业员再次问我这书要吗时，外祖母在一边问我："这书有用吗？"我看了看书面封底的价格，一元六毛二。我犹豫地看着我外祖母。外祖母说有用那就买吧。外祖母识字不多，更不知道莫里亚克的小说对我的上课学习有什么作用，她以为这也许就是一本类似中学生词典一样重要的书。我看着外祖母从衣服内层的口袋里，掏出一个天厨牌味精的小塑料袋，一层层打开卷着的塑料袋，从中拿出一张大票面的五元，毫不犹豫地递给了年轻营业员。

出了书店，我一手拿着书，一手拉着外祖母的手。由于一直在纱厂工作，外祖母的手变得十分粗糙。我想起那张外祖母坐在家中客厅弹奏钢琴的照片。那时的她才二十出头，美丽得像电影海报上的女明星。钢琴的侧面墙上挂着一幅巨大的画，画面是什么我已记不清了。照片背景中，宽广的转角楼梯很映衬外祖母的大家闺秀气质。外祖母淡然而又温柔地看着镜头。我从没见过那幢房子,也没见过这架钢琴,更没听过外祖母弹奏的琴声。

过马路时,我偷偷看了一眼外祖母这双因长期浸泡在水里而已经关节肿大的手指,我想我再也不会听到外祖母弹奏的琴声了。

路过家门口的那家烟杂食品店时,外祖母拿出两毛钱,破天荒地买了一包五分钱的松仁粽子糖,外祖母是苏州人,很喜欢吃粽子糖。以前她会偶尔花两分钱买一包普通的粽子糖,加了松仁的粽子糖,价格高出一倍多。她又花八分钱给我买了一两动物饼干。我拿着装饼干的纸袋闻了又闻。我想回家边看莫里亚克的小说,边好好享用这充满烘焙麦香的动物饼干。出店门时,外祖母在店门口想了想,又转身回去,买了五支"劳动牌"香烟,那时的香烟可以拆买,两毛二一包,五支烟五分五,四舍五入,一共六分钱。

那时的我，整日幻想着哪天能把隔壁烟杂食品店的所有糕点、糖果、饼干以及两毛二一包的"劳动牌"香烟全都买下来。我把这想法告诉我外祖母时，她总是说，想吃，好好读书，以后自己挣钱买。

我也把这同样的想法不止一次地告诉我哥，他每次都十分冷静而又不屑地对我说，少做梦。对于我让外祖母花这样一笔巨款，去买一本法国作家的书，他更是不以为然。他认为小说是在考完试学校放假时的消遣读物。对于升学乃至以后的工作都毫无益处。他总是说，你为什么不去学校图书馆借来看呢？这些书看过以后就没用了。他在学校放假时，就常去图书馆借些封面都已破损了的《铁道游击队》《红日》这样的书来看，或者干脆去街道的向阳院读书小组，拿些《智取威虎山》《青松岭》《敌后武工队》这样的连环画来看，有时也会借到《红楼梦》和《水浒传》这样的书。他还能十分流利地背诵出毛泽东在题写《水浒传》的那段话："《水浒》这部书，好就好在投降，作反面教材，使人民都知道投降派。"

偶尔,他也会和老五手拉手地去看一场下午场的电影《上甘岭》,然后在回家的路上买一只葱油饼,两个人分着吃。

每到新年，外祖母都会给我哥和我添置一件新外套或者一双新皮鞋。而每次选衣服、鞋子时，她给我哥选的总比我的贵出好多。新年过后，外祖母将我们穿不下的衣服稍作改动，就穿在了自己身上。冬天的晚上，睡觉时，我总能看见外祖母反穿着我的棉毛裤，她在男孩子棉毛裤前面的裤洞前，贴上一条颜色相近的布条，然后缝上。

在我考上大学那年，那条棉毛裤还一直穿在我外祖母身上。很多年以后，我才发现，外祖母已经把棉毛裤上的那块布条，缝进了我的记忆深处。在寒冷的冬天下午，外祖母口里含着麝香保心丸，在冰冷的水池边清洗床单；家里的牙膏没了，用粗盐洒在已经没有牙刷毛的牙刷上刷牙；夏天食物馊了，外祖母不舍得扔，总是悄悄把菜热一下，说烧开了就不会有问题了，然后拌些米饭把它吃了，再把新鲜的留给我们吃。

母亲时常会向我讲起她儿时的家。那时我外祖父的家正对着黄浦江边的一座天主教堂，三间门面房,分别经营五金、木材、砖瓦石灰水泥,穿过门面房,后面是一个可以放置建材的广场空地,有普通足球场这般大,空地中央种了一棵大槐树,开花时香气弥漫了整个广场。一棵有着四百年树龄的银杏树,还有红枫、合欢、石榴树、梨树、橘子树,一个竖立在柱子上红绿颜色相间的双层八角塔式鸽子屋,一个葡萄棚,外祖父会在土中埋上鸡、鸭、兔子和猪的下水做肥料,每年结的葡萄、梨和橘子,他都会送些给周围的邻居。广场的空地上还做了一个大水池,搭建了假山石,水池里养了睡莲和金鱼,四周种满了不同季节的花,最多的是月季、玫瑰、绣球、蓝雪花、天竺葵、美女樱、长春花、四季海棠、虎刺梅、石竹花、日香桂、扶桑花、非洲紫罗兰、红花酢浆草。有一年冬天连着几天下雪,把一棵巨大的三角梅给冻死了,外祖父又重新种上了几株蜡梅。母亲说她那时在教会学校读书,上学经常来不及吃早餐,外祖母就会把早点送到学校的传达室,让她在课间休息时吃。每次送饭,家里的一只狗都会跟着,外祖父给它取名叫"阿信"。阿信非常聪明,又十分乖巧,教会的人都很喜欢它。学校就在教堂的围墙内,每个星期母亲都会去参加教会的活动,主教神父也经常来家里,每次都会检查母亲的英语作业,并叮嘱她一定要好好学。那时家里有几十个职工和学徒,因建材要送货、卸货,五金玻璃都要有人按尺寸用金刚钻划刀划,还有记账的、做饭的,那时做饭用的是乡下大灶,忙不过来时,外祖父的弟弟会从周浦乡下上来,帮忙做饭送货。学徒中有一个喜欢上了母亲,可大了还一直都尿床。

我曾向外祖父问起过这些,他一边蹲在屋顶上修剪那几盆月季花,一边说我母亲小的时候非常聪明,主教神父一直夸她,而说到那只叫阿信的狗时,外祖父总是笑得合不拢嘴,因为有一次它差点被警察抓了去,后来只要一说警察来了,它撒腿就往家里跑。那时的外祖母在边上眯着眼嗑瓜子听评弹,我边听边拿着梳子给她梳头,她笑着说她是不是像白毛女一样。

我哥在每每说起这些贫穷往事时,总是冷漠地说上一句,少壮再努力,终究是老大徒伤悲。

这是他说过的最刻骨的一句话。

外祖母是家族中最早过世的。

在我大学毕业前的最后一个寒假。二月。一个寒冷刺骨的冬天。西北风刮个不停。外祖母一到冬天就会心绞痛。平日里胸口疼痛时,外祖母就会含上一粒麝香保心丸,休息一下就常常挺过去了。那天的半夜,她又心口疼得无法入睡。家里没有任何供暖设备,空调对我们这样的家庭简直是做梦都不敢想的奢侈品。外祖母就在一个旧沙发上坐着,我给她披了件毯子,又让她含了麝香保心丸。窗外寒风呼啸。我想等着天亮再送外祖母去医院。天亮时,外祖母突然昏厥了过去,送医院时因为心绞痛大面积心肌梗死。到了晚上,外祖母就过世了。对于外祖母的死,我一直认为自己有着不可推卸的责任。我时常会想如果那天半夜,我不顾寒冷,把外祖母及时送到医院,她或许就会没事。

在这之前的十几年里,外祖母和外祖父的身体一直很糟糕,一到季节更替的时候,他们就会复发各种疾病。外祖母有过几次严重的心肌梗死,两次中风，四次胃出血，医生曾经怀疑她是不是得了胃癌，在医院做了几次检查，结果没有想象的那么糟糕。而外祖父一到冬天就常会发生脑梗，有几次幸亏及时送医救治才没有危及生命。因那些年在仓库搬运水泥，他患上了严重的肺结核，大口大口地咳血，每次他一咳嗽，我拿着痰盂就会紧张得浑身发抖，怕他吐出满口的鲜血。那时医院病房紧张，他们就分别住在两家医院，外祖父住在漕河泾的第八人民医院，外祖母住在靠近南码头的第二人民医院。我那时还在读小学，每天放了学就来回穿梭在两家医院之间。那时母亲在西北卫星发射基地，很少有机会来上海出差，几次医院发了病危通知书，她也只赶回来一次，在医院陪上几天，等他们病情稍微稳定就又匆匆赶回了发射基地。每次都是我和我哥一起轮流在医院照看。他白天在医院看护，晚上还要赶回去陪我祖父祖母。周六放学后，他会替换我在医院值夜，让我回去睡觉，白天再去换他。夜深人静时，我独自回到空荡荡的房间里，吓得在被窝里怎么都无法入睡。我怕半夜我哥突然跑回来告诉我他们没了。有时睡不着，我会裹着被子跪在床上胡乱地抱着各种佛脚祷告，从上帝耶稣到释迦如来、观世音。我睁大眼睛看着高高的天花板，竖起耳朵听着窗外门外的任何声音，等着天亮。白天在医院，我哥会一一嘱咐我，什么时候该给他们吃药，一天要吊几瓶盐水，中午医院订了什么病号餐，早上在吊盐水前要先带他们上厕所，晚上记得给他们擦身洗脚，热水在哪里打，叮嘱完这一切他才匆匆离去。就这样，每年学校的寒假，我和我哥几乎都是在两边医院的奔跑中度过的。

半年后，祖父也去世了。

我哥说，如果当年我的祖父没有被长期地隔离在地下防空洞，没有无休止的审查，没有因为持续高烧得不到救治，没有因此而染上肝炎，他不会最终因肝癌痛苦而死。

两个月后，我的外祖父也去世了。我始终认为他的去世与他长期值夜班时搬运那些重达百斤的水泥包有关。长期的水泥灰入侵气管和肺，导致他多年的肺结核、咳血、肺气肿、老慢支，最后，在一个冬日，午睡时，因一口痰堵塞气管而失去了生命。

外祖父去世前的那个早上,他特意早早地起来,那天天气很冷,房间没有暖气,他披着一件厚棉袄,看了一眼他从旧房子屋顶上搬过来的一盆月季花。那个早晨月季花开了,一朵很大的红色月季。他给它浇了水。我给他戴上绒线帽,问冷不冷,他说不冷。我说太早了,让他再去睡会儿。他说等我们走了他再睡。我抚摸了一下他的背,给他倒了杯热水。他靠着桌坐着,手里拿着拐杖。他的下巴支在拐杖上,眼睛一直没有离开过那朵红色月季花。后来在外祖父的告别会上,我剪下那朵花,放在了他的遗体上。

那个早晨,我和母亲一起去苏州给我外祖母下葬。到了墓地,却怎么也找不到预先做好的那块刻有我外祖父、外祖母名字的墓碑。我哥找到墓地管理处,让他们重新刻制一块墓碑。等我们安葬完外祖母,已是傍晚。在离开墓地的下山路上,突然惊奇地发现那块原先的墓碑,正斜躺在下山的台阶上。而那个时间,正是我外祖父午睡过去的时间。而这条下山路,我和我哥曾来来回回找过很多遍。我对他说，也许是外祖父不忍心让外祖母一个人待在山上。

　　从苏州回到家的那个傍晚，我从街上远远地就看见家里窗户大开，我预感外祖父一定出事了。进门时看到外祖父平躺在床上，身上什么都没盖。冬日的寒风从窗外直吹到床上。我给外祖父戴上那顶黑色的绒线帽，一晚上我抚摸着他满是老茧的手，直到天亮。太阳出来时，母亲和我哥一起给外祖父擦了身，换上了干净的衣服，然后等着殡仪馆的车来把外祖父运走。当他们把外祖父的身体用白布包上，轻轻放在担架上，然后把担架合起抬着往外走，我和我哥跟在后面，下楼时，我哥想上前托起担架，他们示意他走开。我看见外祖父那顶黑色的绒线帽露在担架外，他们把他放上车，车很快驶入人流中，我哥站在路中央，我看着车远去的方向，看着我哥的背影。车消失了，他还站着。

　　面对接二连三的亲人逝去，我哥变得越发沉默。在办理他们的丧事时，他几乎很少说话，只是闷头把所有他该做的事情做完。在那些悲伤的日子里，我从没见到他哭。有时在忙乱的空隙中，他会一个人，不声不响地独自走很远的路，直到天黑才回来。没人知道他去干吗。

在外祖父最后的告别仪式上，他不时地俯下身去，仔细端详着他最后的面容，然后目光停留在大厅的远处，握紧拳头，没有一滴眼泪。

外祖父之前一直说他来世想做一只鸟，可以自由地飞。

十几年后，我哥也安静地躺在了外祖父、外祖母身边。以前每个清明，无论山上的植物长得多茂盛，墓地开发得多变样，他总能准确无误地一下就找到他们的墓碑。如今，我独自去，每次都得来来回回找上半天，才能找到他们的埋葬地。

外祖母去世不到半年，祖父也走了。

去世前的那个晚上，他怕吓着我祖母，便忍着疼痛，那哼叫声听着像在打呼。

那天一大早，楼下的老浦东神神秘秘地拿着一本封面都掉了的《本草纲目》，来给我祖母看。他不时捡起散落在地上的几页发黄的图解，告诉我祖母这是书里的偏方。他手指头一边蘸着口水，一边指着书页中的丝瓜素描图，说丝瓜性凉，丝瓜皮更是清热解毒，可以将肝脏里的毒素吸附在丝瓜皮上，而且丝瓜皮凉凉的，敷在肝腹部还可缓解疼痛。我祖母还没听完，便一溜小跑地去附近的农贸市场把所有的丝瓜都买了回来。很快，我祖父的肝腹部便贴满了一条条翠绿的丝瓜皮。

我对老浦东的话一直不以为然，不仅仅是因为他之前一直有偷看女邻居洗澡的癖好，更主要是他常常带着这本翻烂了的《本草纲目》，去给那些女人问诊，每次问诊总少不了在女人的身体上东摸西摸。那些问诊的女人也知道他心存不轨,但为了身体得以康复也都忍了。而有些女人在医院无法看好的疑难杂症,也确实在他的指点下渐渐有了好转。女人们也因此不和他计较他对她们的身体动手动脚。

中午时,祖父喝了几口祖母做的丝瓜汤。之后,就一直昏昏沉沉地睡。

晚饭时,祖母问他还要不要喝点丝瓜汤,祖父无力地晃了晃脑袋。晚上睡觉时,我看见祖父疼得直往嘴里塞那些敷在肝腹上的丝瓜皮。我几次想爬起来都被我哥按下。我看见他的脸上挂满了泪水。

天亮时,祖父终于不再挣扎。

他躺在那里,嘴里还咬着一截丝瓜皮。

丝瓜皮早已没有了昨日的翠绿。

我哥站在床前,说他昨晚梦见祖父带他去德大西菜社,买了一块奶油蛋糕。他一路捧着,直到蛋糕上的奶油化了,他都没舍得吃。

那是一个星期天的早晨。太阳照在身上有些寒冷。

父亲一直坚持在我哥的葬礼后，请德里坊的所有邻居吃个饭。

我和母亲一直不赞成葬礼后要办酒宴的习俗。母亲对于这个习俗甚至非常反感。她不明白为什么所有人在刚参加完悲伤的葬礼后，马上就饮酒喧闹。我想可能是生命还要再继续的意思。可不管怎样，对这习俗，我和母亲一样十分厌恶。

我想我哥也一样。

父亲坚持的理由是他们都是从小看着我哥长大的。他不想我哥那天一个人走得太孤单、太安静。他希望酒宴上的喧哗热闹声，可以让他不再害怕。

我和母亲听了便不再说什么了。

葬礼结束那天，德里坊的所有邻居都来了。

老五帮着父亲张罗，张罗完坐下吃饭时，她又开始哭了起来。

洋娃娃独自坐在一个角落,目光呆滞地看着周围的邻居。

德里坊邻居们则一直沉浸在对我哥往事的追忆中,他们说起了我哥小时候的种种聪明乖巧,说起他对邻居们的热心礼貌,说起他对老人的好。还说起他小时候,大热天的下午,一个人拿着一支驳壳枪,手臂上戴了一块红布,腰里系着我祖父的一根拖到屁股上的长长皮带,从天井的这头奔到那一头,就像电影《小兵张嘎》里一样。

母亲坐着,呆呆地看着那些喧闹的人群,一口也没吃。

我想起我哥临近中学毕业那年,洋娃娃喜欢上了他。那个夏天,他赤膊下楼去扔西瓜皮时,洋娃娃坐在天井乘凉,目不转睛地看着他。他匆匆扔完西瓜皮回来时,洋娃娃站在我哥家的楼梯口,告诉他她喜欢他。我哥看着她一句话没说,一溜烟地逃上楼。

我突然希望,黄昏时我哥经常在路边报刊亭等待的那个人是她。

酒宴结束后,午后的阳光十分温暖。走在大街上,我突然想起和我哥在星期天的下午去西海浴室洗澡时的情景。

他最后一次去西海浴室洗澡是和老五一起去的。

那天是个雨天。十二月。窗外刮着阴冷的风。

他一个人坐在昏暗的沙发上。老五进来,说要不要去浴室洗个热水澡。老五推门进来时,他闻到她身上一股刚从被窝里出来的体香。老五一边说,一边风风火火地打开他的衣橱找干净的替换衣服。她说洗好正好吃饭。老五穿了一件米色的紧身毛衣,毛衣下透着娇小性感的身材。她拿好衣服,见他依旧呆坐着不动,她上前拉着他的手,不由分说地一起下了楼。下楼时,她转过头,问我要不要一起去。

一路上,她一手撑伞,一手紧拉着他的手。这情形就像之前她在每个下雨天趴在窗前看窗外梧桐树下牵手走过的路人一样。他想挣脱她的手,她对他说,有什么不好意思的。

话说得响亮。很远,都能听见。

在澡堂里，我哥第一次给我搓了背，他模仿着那些专业搓背的，把毛巾裹在手上，在我背上洒上水，然后十分用力地上下搓动，还不时地两手啪啪地拍动两下。搓完背，他让我转身躺下，又拉着我的手臂搓。他用力时，我看见他跳动着一头鬈发，眼睛里闪着光。

洗完出来，天已放晴。冬天的阳光，有些冷。老五的头发还有些湿，在风中飘动着。老五挽着他，大声说笑。他看着她红润的脸，她的身体到处散发着刚洗完澡的体温和香气。老五说："好看吗？"他点点头。老五又说："你不开心就多看看我。"他看着她，脸有些红。老五说："我会陪着你。一直陪着。"他摸了摸她的手。老五转身看着他，伸手抚弄了一下他那一头自然鬈发，他笑得十分开心。

老五面对着他时，她湿漉漉的头发掠过他的眼睛，散发着冬天的清冷香气。

我最后一次见他是夏天的一个下午。

那个下午,他独自坐在百叶窗下的阴影里。坐在那个沙发上。

后来,那个夜晚,那个黎明前的黑夜,他也坐在那天下午的这个沙发上,在那个沙发的角落,独自面对死亡。

那个下午,他给我打电话,说能不能去看看他。他说他很累。电话里,他的声音很无助,一直在颤抖。我不知道发生了什么。这是四十年来他第一次用这样的口吻和我说话。

我进屋时,看见他坐在沙发的角落里,沙发正对着门。窗台挂着昏暗的百叶窗,百叶窗因为年久,已散落开来,无法拉起。他坐在那片透过百叶窗的阴影里,他说话的声音很轻,像在自言自语。他满脸汗水。湿漉漉的一头鬈发。他的身体一直在抖。他抓着我的手,他的手心都是汗。他不停地对我说他怕。我不知道发生了什么,只是反复地对他说着那句没什么好怕的,就像是在说巴恩斯的自传小说《没什么好怕的》。

那天他一直闭着眼睛。我听不清他的自言自语。

他不停重复着。他的声音越来越轻,轻得连他自己都无法听清。他说他不能离开她。他无法离开她。他说她每天都在等他回来。他说她很可怜。在医院里她一直对着他笑。她只会对他笑。他的话有些语无伦次,但我知道他说的是我嫂子。后来,他说他累了,他让我走,说他想睡会。

他最后一次去医院看她是个星期天的下午。

那个下午他依旧刮干净了胡子,换上了整洁的外套。在医院,他隔着门的铁栏杆,看见她挪着很慢的步子,她的一只手紧紧地捏着医生的白大褂的衣角,一步不离地跟在医生后面。她看见他,第一次没有笑。她小心翼翼地从医生身后探出半个身体。她打量着他,像在打量一个完全陌生的人。他看见她的眼神充满惊恐。那一刻,他知道在她的眼里、她的记忆里,他已不再是一直陪伴在她身边的那个人。

一切都消失了。解脱了。

她已经不再需要他了。

他看着她。她的身体。

她浑身上下都在不安地抖动,完全成了一个陌生人。

离开医院,星期天,街上的人流比往日欢快了很多。在经过一家农贸市场时,他没有像往常那样买一些菜带回去。他突然觉得他所有的欲望都在慢慢消失。他甚至感觉有点轻松,那种一下扔掉了所有行李下山的感觉。可没一会,他又觉得他背负了整座山行走在上山的路上。他不知道路的尽头在哪,也不知道这样走下去的意义在哪。他只知道他一直就在这样走。有一个瞬间,他想象着从山顶自由飞落时风的感觉。

他想放弃这一切,不再挣扎。

从医院回来的那个夜晚,他开着窗无法入睡。

他不记得这是他的第几个不眠之夜。他已经习惯在黑暗中,坐在床上,回想起白天的每个细节,吃过的东西。走过的街区。街边发的呆。天气。走过的人。

他每天吃同样的早餐,然后去街上。之前会赶着去工厂,被迫离开工厂后,很长一段时间里,他经常这样漫无目的地走在街上。他有足够的时间享受街边的阳光。看街上买菜回来的人。孩子上学。看相同的日子。不变的时光。

走在街上,他问自己,还有欲望吗?生的欲望。爱的欲望。快乐的欲望。一切都在远去的欲望。

他想做点什么来改变一下颓废的心情。改变一下一成不变地活着。可他知道剩下的什么都不会有。

以前他还想弄明白日子怎么就过成了这个样子,如今,他已经什么都不想了。

他和我说起过在他失业的最初的日子里,他每天中午会去路边的一家老字号面馆吃一碗面。每天都是辣肉面加一份咸菜笋丝。

端面的女人已经认识他。女人三十出头,看着有些风情,脸上每天都涂抹着不均匀的粉。店里忙碌时,她脸上的汗就顺着那些粉一条条地挂下来,像下雨天时的窗玻璃。其实她不抹粉的时候更好看。

她不忙时会找他说话。有一次,她甚至想让他在她店里找份工作。他曾有个瞬间动了心。他觉得和她一起端面是件挺愉快的事。他看出那女人喜欢他。她给他的面浇头总比别人多很多。聊高兴时,她会拍着他的肩,抚弄一下他那头自然卷曲的头发。

吃完面,他会去附近的书店消磨上半天时间。看累了,他慢慢往回走。路过银行时,他会伫立看一眼贴在门上快剥落的招聘保安的广告。然后回家。

祖母已做好了晚饭等他。

我嫂子每次从医院出来,常常忘记服用抗抑郁的药。他便每天准时把药给她准备好。长期服药使得她的身材变得越来越肥胖,而她也似乎早已不在意她的肥胖身材。吃药后她每天瞌睡的时间越来越长,间歇也越来越短。她一天里很少说话,或者几乎不说话。很多时候都是他在说,可无论他说什么,她都会挂着她那温和的笑容,一成不变的笑容。

很多时候,他就像是对着一面墙在说话。

他也早已回忆不起上次和她亲热是在什么时候。

夜深人静时,他听着她均匀的熟睡声,会想起那个端面的女人。

在他死后的某个中午,我曾去过那家面馆,进去时看见一个身材完美的女人,我不知道是不是她,我点了一碗辣肉面加一份咸菜笋丝,直到吃完离开,她都没看我一眼。

这是他的每一个夜晚、每一顿晚餐。

他的餐厅在房间和厨房之间。说是餐厅，其实就是在一个公共过道里放了一张桌子。那张桌子还是我祖父在公私合营后从旧房子里搬来的。用了几十年，桌子的脚已经有些摇摇晃晃，桌面也已开裂。祖母平时用一块印有草莓图案的塑料布当桌布。用久了，塑料台布也开始发硬开裂，四个角露出了洞。桌布上的油渍时间久了变得粘手。在过道的门背后，有一个几家合用的洗衣洗菜的水池，吃饭时时常会有邻居在水池里洗拖把。过道靠墙边有一个狭小的楼梯，通往我祖母用来睡觉写信的阁楼。阁楼紧挨着另一户邻居的房间。楼梯下面用一块蓝布隔了一个厕所，放一个马桶，一个放厕纸的架子。人上完厕所，只能弯着腰系裤子，不然头就会碰到楼梯。过道的餐桌背对着另一扇门，门外是另一家邻居的过道，过道连着另一个楼梯，那个楼梯十分陡峭，直通大门，门外就是天井。

这个过道餐厅终年不见阳光，即使在阳光明媚的白天，也必须开着灯吃饭。祖母为了节省，晚饭时，她也只开一盏三瓦灯泡的白光灯，而午饭时间，她经常不开灯。星期天的中午，我哥就坐在黑暗里吃饭。他背对着过道的身影，就像凡·高画里的吃土豆的人。而每次吃饭，我祖母总是站在一旁看他吃，等他吃完了，祖母才吃。为此，我母亲每次出差回来，说过我祖母无数次，说不能这样惯着他，不能什么好吃的都让他先吃，应该全家人一起坐着吃。而祖母自有她的道理，她说她年纪大了，只吃一点，就让他多吃点。等我母亲一走，她又看着他一个人先吃。

晚餐时，祖母靠着门廊看着他很快吃完后，才和我嫂子一起默不作声地吃菜、吃饭、喝汤，之后起身收拾碗筷。嫂子然后在房间坐下，打开电视。而那时，祖母便爬上阁楼早早地歇下。

房间里是漫长而无声的黑夜。

我哥靠在床上，看着我嫂子看电视的背影。他和她的夜晚，从来都是沉默的。她偶尔回过身来，冲他不置可否地笑，然后又转身看她的电视。他看着她时，感到他们沉默的一生将会很漫长，就像窗外的黑夜一样。他们之间的话，从开始的那天，就已经说完了。然而，他并不清楚那一天是从什么时候开始的。而这也已经不重要了。该说的和不该说的，连同最后的废话都不再说了。

他关了灯。

她上床。

他们就这样平静地躺着。

他听得见她微弱的呼吸声。还有他自己的。

天，很久才亮。

连着几天的雨。一到夜晚，雨越来越大。

他能闻见窗外雨的味道。

他整夜整夜地失眠。

在之后的一段日子里,他安静得就像一个看不见的人。他不再给我打电话,也不和我父母聊他最近的情况。关于他的工作,他甚至对老五都没有吐露一字。

他每天一早吃完我祖母为他准备的早餐后,像所有匆匆赶去上班的人一样,甚至比他们更早出门。他会带上一个鼓鼓囊囊的双肩背包,和祖母说去公司了。祖母总忘不了叮嘱他路上小心。她看着他去上班的背影,多久以来一直悬着的心终于放松了下来。她写信给我的父母,信中流露出她难得的高兴。父母打电话来询问,他也只简单地说让他们放心,一切都很好。

直到过了很久,我才知道他为了不让祖母担心,去了离家很远的一家银行,应聘当了保安。他每天背着塞着厚重保安服的双肩包出门,为的就是不让邻居和祖母知道,他一个大学毕业生找了一份保安的工作。而更为愤懑的是三个月的试用期一过,银行就随便找了一个理由解雇了他,然后又新找了一个外来工替代了他。他后来才知道，银行这么做是为了节省正式员工转正后所必须支付的各种社会养老金。

这之后，他走马灯似的找各种底层的临时工作，他甚至在一个社区找了一个看管自行车的工作。他的这份屈辱在祖母突然离世之后，终于彻底解脱了。他不再要求社会公平。

在他去世的这些年里，我只梦见过他一次，在梦里，他一个人，坐在一个长长的阴暗潮湿的自行车棚前，看着街上来往的人流。一动不动，就这么看着。我站在他身后，我想说，为什么要这样委屈自己？为什么要承受这样的屈辱？可我也一动不动，我怕惊扰到他，怕他看见我，看见我看到他正在忍受的这份屈辱。

我真想知道为什么。

我看着他梦里的背影，我知道他尽力了。他很努力地证明了,他从祖父外祖父身上看到的,都是无论少壮怎么努力,也终究逃脱不了老大徒伤悲的命运结局。

那一刻,我才知道他脆弱的躯壳有多坚强。

也许他自己从不知道。

我的祖父母、我的外祖父母、我的父母,他们也不知道。

我也是直到今天才知道。而且还是在梦里。

那个下午，我握着他的手。我看着门背后的那件羽绒服。我说没有什么好怕的。后来，他握着我的手说他累了，他想睡会儿。他说："你走吧。"那是他那天对我说的最后的话。也是他活着时对我说的最后的话。

这是我在他死后回忆起的。

那个下午在我之后漫长的记忆里，就像巴恩斯在他的《没什么好怕的》书里追述的那样，他质疑记忆的根本真实性，而我质疑我们渲染记忆的方式。这是他对于死亡与永生、上帝与自我、时间与记忆的思考、梳理与追忆。也是我的。

记忆即身份。你做的一切造就了你。你做的一切储存于你的记忆中。你的记忆决定了你是谁。即使你还活着，忘记了过去的你便不再是你。

对他的那个下午的记忆，让我再次迷失了记忆的根本真实性。

我只想告诉他，一切都没什么好怕的。巴恩斯说："我不信上帝，但我想念他。"我知道在那个下午，他也一样，想念上帝胜过活着。"现在我已经确切地知道，明天，也可能是后天，但绝对不会是太过遥远的未来，当病痛再一次降临，我将被迫对那个哲学的根本问题，给出至少是我自己的答案——我生不如死。"威廉·斯泰隆在他的《看得见的黑暗》里曾问自己，为什么同样是得了这种疾病，别人能挣扎着挺过来，他们却被毁灭了呢？

同样的问题，我哥也同样问过。同样没有答案。

很多年后，在我移居的加拿大小城卡尔加里，一到冬天，我的后院在每天的清晨和黄昏都会有一只兔子跑来吃草。我时常隔着窗看它。

有一天，我打开门，站在后院的露台，它一动不动地看着我。它的眼睛是红色的，像两枚圆圆的玻璃球。它的眼睛是那么大、那么透亮。它的眼睛是湿润的。它的皮毛是白色的，夹杂着灰色。它的身体是如此柔软。它吃一口花园里的草，然后看我一眼。然后又吃一口草。又回头看我一眼。

我试着去走近它。它的身体有些紧张，不停地在抖动。我伸手去抚摸它两耳间的额头、它的鼻子，我能感觉到它在嗅闻我手上的气息。我想拔些草喂它，可草根上的泥落在了它的背上。它转过身，我把它背上的泥抚去。它朝我的身体又走了几步，它的头几乎都要触碰到我的身体。它低下头继续吃草。它的身体柔软得就像那天躺在沙发上的他。

天快暗时，下起了雪。

雪越下越大。

雪瞬间覆盖了草,也覆盖在它柔软的身体上。

它依旧吃一口草,依旧回头看我一眼。

天越来越暗,我依旧可以看见它移动的身体,看见草地上它移动的浅浅的脚印。它让我想起我父亲的那句话:冬天的兔子从来不用出去觅食,只需待在窝里等着喂养。

我不知道我哥是不是一个例外。

他就像冬日旷野里走失了的一只兔子。

告别那天，来了很多人，人群从大厅一直排到了门外。很多人我都是第一次见，我不知道从不社交的他，居然有那么多人赶来告别。

母亲走到我哥身边，一直看着。

直到站不动了，她还是手扶着棺木，目光呆滞地看着他略显陌生的脸。

她的眼里没有一滴泪水。她的头发远远看去像冬天枯黄的草。

我看见枯草里有一只冬天出生的兔子。

我哥躺在那里。躺在那片枯草里。

他盖着我母亲买的被子，一米八的身躯在棺木里显得十分短小。

他被化妆过的脸和往常一样，安静、胆怯、漠然。就像一切都没有发生。他的头发依然自然卷曲着，高高的鼻子，像西班牙街头的一尊雕塑。

他之前工厂的工会主席——一个矮胖的老头——代表组织发了言，他在悼词中说了他一生工作勤奋、受人尊敬。说话时，老头努力表现出非常悲伤的表情。

父亲那天说了什么，我没听见。我在后悔通知了那个工会老头。

我远远地看着我哥，那是我第一次觉得他离我那么遥远。

老查说我父亲说话时很平静，平静得淹没了一切。

父亲说了我哥来去一无所有，说了我哥从不妥协，说了我哥活得像一阵清风，说他的一生很干净。很纯粹。很格格不入。

他说了他的死很勇敢。

父亲唯独没说我哥长得很帅气。

这都是后来老查拍着我的肩告诉我的。

他说:"你父亲真坚强。"

冬至前夕，我在临窗的街边吃饭。

阳光十分温暖。

草又黄了。

母亲打来电话，说："明天就是冬至，你去看看你哥。"别人冬至都有人去看，他一个人，没人看。

母亲在电话里哭了。

那是母亲第一次哭。

我说我知道。

挂了电话，我坐在阳光里，我哭了。

那个无以回首的夜晚。

那个我无法用文字再现的夜晚。

也许是黎明时分。

直至今日,我一直没有勇气听警察向我描述那个夜晚、那个瞬间。也没勇气打开那个关于你确切死亡时间的档案。

你身体的伤口。

那个引领你死亡的阴影。

可我还是以我的想象,想记录下那个最后的黑暗。

黑暗总在那儿,我们只是从未注意而已。

我可以抚摸到大把大把的黑暗。

就如罗伯特·勃莱在一个下雪的午后所写的那样。

你的死亡是你的自由。

那个辗转反侧的不眠之夜。

那个夜晚你曾想起过什么?

那个漫长的黑夜。

那个寂静中你的心跳之声。

无从穿越。

你走下床。你站立在镜子前。

你久久地站立着。

你看不见你自己。

你什么也看不见。

或者说,你什么也不想再看见。

你一个人。

那个夜晚,你终于可以自由地主宰着你的一切。

你站立不动。

你去厨房。在黑暗中,你摸索到一把刀。一把锯齿形的尖刀。我曾在警察的那个塑料袋里见过。你走回你的房间。走回到那面无法映现你身体的镜子前。

你看着空空的大床。

你开亮了灯。强烈的白炽灯照亮了镜中的你。

你看见你已经走远的身影。

远得无人能够看见。

消失了。

连同那个夜晚。

那个无处不在的黑暗。

你把刀尖对准了你的心脏。

那个刀尖上还留有清晨的果酱。

那个瞬间,你听见了自由的声音。自由坠落的声音。

你的心跳,你的身体。

你自由的身体。

它穿越黑暗。又重返黑暗。

我曾在无数个黑夜中,试图用这最真实的文字记录下那个不真实的夜晚。我就像智利作家波拉尼奥一样,一次次重返暗夜,重返那段毫无存在道理的、令人难以忍受的时光,那段只是因为死气沉沉的惯性才留存下来的时光。

波拉尼奥说,那里只有死人在散步。

为何我们能记住过去而不是将来?

我在斯蒂芬·霍金的《时间简史》里读到了时间可以倒流。

我看见他伫立在街边的那家书报亭。在那个不再到来的黄昏。

书报亭已永久地关闭。

天渐渐地暗了。

二十年前的一个夏天,吉尔伯特坐在美国南方河边的一棵树下,写下了一首诗。

> 在这些沿河的小镇上
> 长日复长日,无事发生。
> 夏天一周周永远停滞,
> 漫长的婚姻总是一成不变。
> 生活中只有不测之事、孩子出生
> 和钓鱼让人兴奋。

写完诗,他进屋吃了一盘有西红柿和紫叶菜的沙拉。

那晚,他独自睡在树下的月光里。

同样的那天下午,我哥坐在街边一棵梧桐树下。他没有孩子,从不喜欢钓鱼。他只是在想一生中还会有什么不测的事发生。天黑时,他进屋。他什么也没吃,也没写诗,也没有睡在白色的月光里。

多年以后,我在他的坟前给他念了吉尔伯特的诗。

我抚摸着光滑的大理石墓碑,我试图努力回忆起,那个夜晚他斜躺在沙发上的表情。他在地底下已经沉睡了二十年,也许更久。那么多年过去了,我奇怪我为什么从来没有努力追忆过他最后的那个神情。一次都没有。我只记得他紧闭着双眼,我怎么都回忆不起那一刻他有没有紧锁着眉头,像往日他疲倦地走在大街上一样。我多么希望他是平静地离去。像通常人们描述的那样,安详而没有痛苦。

我不想他死。

我想重见他。

母亲说生我哥生得很辛苦。那时她还在大西北,感觉快要生了,父亲赶紧买了一同回上海的火车票,在火车上,母亲的羊水破了,可一直到医院两天也没生下来。医生和父亲都十分担心,母亲倒是忍着痛很是淡定。

我哥出生那天,窗外大雪纷飞。

外祖父当时看着我哥又大又亮的眼睛,给他取名为奇。外祖父说这是一个会创造奇迹的孩子。

四十年后,他创造了一个奇迹。一个死亡的奇迹。

我哥出生时一声都没哭,护士拍了好几下才哭,哭声响彻整屋。

母亲说他生下来就很能吃,每天喝奶喝不够,喝饱了就睡,睡醒了就睁大了眼睛看着窗外。

母亲说:"你哥的眼睛安静得像窗外的雪。"

母亲在参加完我哥的告别仪式后,就匆匆赶去了甘肃的卫星发射基地,完成了她参与设计的最后一颗人造卫星的发射。母亲退休时,她带回来一枚勋章,那是奖励她这一生为国家参与设计并成功发射了多颗人造卫星,母亲把勋章悄悄地放在了我哥相片前那几罐啤酒下面。我想她是觉得一直愧对于我们的成长。在我的记忆中,二十年里,我和我哥一共见到我母亲四次,每次都是因为出差,其中最短的一次才停留了三天,那是她去无锡出差时顺道回上海看望了一下。

记得我哥有一次在和我一起去北京的火车上,突然说起他印象中从不记得我母亲年轻时是什么样。只是在照片上看到过我母亲年轻时漂亮的样子,她和我父亲在颐和园的湖面上划船,她靠着我父亲。而我唯一的印象就是母亲在一次出差结束,回北京的前一个晚上,她悄悄地在我的枕头底下塞了两元钱。母亲弯下身时,我第一次闻到母亲身上非常好闻的味道。

后来,我把这个唯一的记忆写进了我的第一部小说《早安，太阳》。

母亲退休后，父亲还继续着他的原子能研究，每天忙于带他的研究生、博士生。他在原子能领域的杰出贡献，让他入选了"大不列颠百科全书二十世纪一百位最杰出人物"。如今那本厚厚的《大不列颠百科全书》被他经常拿来当汤锅的垫子。在他七十岁生日那天，电视台专门给他录制了一个纪录片。那天，他无数的学生围坐在他身边，他坐在中间，捧着鲜花，表情很严肃地拍了一张照。不知什么原因，我却没有赶去参加父亲的生日宴。事后，母亲在电话里提了一句，说生日那天，你父亲的学生从全世界各地赶回来，唯独他的儿子不在。而那部中央电视台录制的纪录片光碟，被他塞在了一本书里，而那本书名他却再也记不起来了。

那部纪录片播出时，我哥已离开了这个世界。

而我和我哥似乎也从来没有为我们的父母自豪过。

新年刚过,父亲在过完他八十三岁生日那天病倒了。

医生连着两天发了两份病危通知书。医生说老爷子病情挺重。肺的一侧已是白肺,另一侧左下方也白了。细菌浓度很高,白细胞也高出正常很多,并伴有急性心肌炎、急性心肌梗死。医生很年轻,有一双好看的眼睛。尽管她戴着口罩,可依旧可以想象她的美貌。她用温柔的语气说:"家属还是要有心理准备,万一老爷子呼吸困难,最后是不是要上呼吸机,你还是要提前考虑一下,别到时手忙脚乱还没想好决定。"之后,她指着病危单的空白处,让我签上名字。我突然意识到父亲真的老了,老得不堪一击。他的呼吸和生命都集中在了这张纸上。

签完字,我回过头看躺在床上的父亲。父亲在一夜间变得十分消瘦。眼睛凹陷,腿骨细如柴禾。头发蓬乱地躺在医院靠门的一张床上,那样子像荒草丛里被狂风吹赶着的一只鸡。他的脸因为一下消瘦而显得十分苍老。花白的胡子像自画像里的凡·

高。他的眼睛时而无力地睁开一下。他看着我，很想说话，可他的嗓音早已咳哑了。

医院的女护工过来帮他翻身，在父亲的屁股下垫上尿片。这是我第一次看见父亲穿着厚厚的纸尿裤。要知道他是一个多么爱整洁干净的人。他永远把自己打理得体面而优雅。他的腿瘦弱得像两根晾衣竿，历经风吹日晒，上面残留着年月的斑点。他听任着女护工来回摆弄他的身体。不停地喘气。护士不时地跑来看着仪器上闪烁着140的心跳，并不时地往吊瓶里注射各种液体。父亲反穿着一件蓝白色的衣服，样子有点可笑。我看着他，眼前不时浮现他在我很小的时候出差来上海，在我祖母狭小的厨房间熨烫袜子的情景。

之后的几天里，父亲的病竟奇迹般地有了好转。为了让他多吃东西，我和他开始了漫长的谈判。他的思维因为病毒的侵扰，变得有些混乱。他时常挥舞着细长的胳膊，说他这次病倒是因为特朗普的细菌战。一会儿又说巴顿厉害啊，这次的细菌战他赢了。说完这些,他又说他没病,没中病毒,是我们硬把他送进医院,他是无辜牺牲者。我拿出手机给他看所有的化验报告以及签署的病危通知书,他说这一切都是假的,都是我为了不让他出院而串通医生做的假报告。之后的日子里,他每天让我去找医生谈出院的事,他说再住下去,美国人又有新的细菌要发过来了,他不愿倒在医院里当牺牲品。面对他的胡言乱语,母亲说得最多的一句话就是:"他年轻时从不这样。"

晚上从医院回来,我给母亲做了晚饭。吃饭时,母亲又和我说起当年认识我父亲的情景,说那时在单位食堂排队打饭,听到一个人在她后面夸夸其谈,她回头一看,是我父亲。母亲说:"那时你的父亲一米八的个子,长得十分帅气,能说会道,说话非常风趣幽默,人又随和。"就这样,他成了我们的父亲。母亲说:"那时的他,哪像现在,脾气暴躁又固执。"结婚那年,他们双双被下放到了五七干校,那时的新房什么也没有,她说:"你父亲就从附近的猪圈里找到几块大的木板,然后他照着在家具店看到的样子，做了一对沙发、几把椅子和一张桌子。没有木匠工具，他就用切菜的菜刀和乡下的砍柴刀，把木板劈成小段，然后用菜刀削平，再用砂纸打磨光滑。"从五七干校回来后，父亲不舍得那对沙发，特地让农民用马车帮他拉回到了城里。那对沙发在我很小的时候还看到过，父亲用两块好看的花布，把沙发包裹了一下，放在了他卧室的床边。

一个月后，我告诉他，医生说他恢复得很好，一个星期后可以出院。他高兴得手舞足蹈，让我去医院边上的商场买一副两百度的老花眼镜，他戴上后在卫生间照了下镜子，说这下有点人样了。然后他顺手拿起一本我陪护他时在看的书认真地读了起来，那是美国作家保罗·奥斯特的《内心的报告》，封面是粉色的："现在是早晨。写这封只有一个段落的信花了我好几个小时。我累得超乎想象，但还是得写完。鸟儿开始外出，唱起了晨曲，喜滋滋兴致勃勃。我相信这会是美丽的一天。我会像孩子似的睡一整天。我想写这么长一封信，是为了尽可能长时间地抓住你的注意力。我满怀着爱和疲惫写完了它。我非常想你。你会马上给我回信吗？"父亲合上书，说眼镜很清楚，又说这写的好像是他现在的心情，他说："年轻时，我和你妈搞对象时也写过这样的信。"

父亲精神了很多。他让护工帮他刮了胡子。他的头发依旧蓬乱得像一个流浪汉。他又让护工用梳子蘸了水，把头发梳理成当年巴黎头的样子，然后让我拨通母亲的电话，他对母亲说很快就可以回家了，他要去理个发，说回来会和她说说见上帝是什么感受，他说他那时什么都不知道，什么感觉都没有，人都麻木了，丝毫没有想要和母亲说什么告别的话，说他都记不起来她了。挂了电话，他说："你可以回加拿大了。"在我转身离开病房时，他突然说："你回去之前，我们去办一个遗产公证。"他说："你父亲这一生在外没有一个私生子，只有你这一个儿子，所有的财产都留给你。"说完，他停顿了好一会才说，很快他就可以见到他的另一个儿子了。

我背对着父亲，一直没转身。

父亲的话,同样的意思我也曾对我哥说过。

就在那个昏暗的下午。他打电话叫我去的那个下午。他一个人独自坐在那个沙发里。满头的汗水。他捏紧着拳头,眉头紧皱。

见到我,他像个天黑迷路的孩子,他拉着我的手,不停说他很累,心很慌,很紧张。他不知道如何是好。他甚至说他真不应该,总是让我这个弟弟来照顾他,照顾父母,照顾这个家。

我不知道发生了什么。也不知道他那一刻的内心正经历着怎样的痛苦和折磨。我不停地对他说,什么都不用担心。没有什么事会让天塌下来。就像小时候我外祖父对他说的那样。我唠叨着说以后父母老了我会照顾,无须他操心。"你只需过好你的生活。你生活所需的一切,如果父母不能给你,我会给你。父母所有的财产也都给你。你无须为将来的生活担忧。"我语无伦次地,像在安慰一个过年得不到新衣的孩子。他也许是听累了,也许是我的唠叨让他放松了情绪。他松开了紧锁的眉头说:"你走吧。我累了,想睡会。"又说:"你说的我都记住了,你放心,我不会有事。"

我走的时候,他靠在沙发上熟睡的样子,和他走的那个夜晚,是一样的姿势。一样的神情。一样的无助。一样的疲惫不堪。

直至现在,我才意识到,在他打电话求助的那个下午,我反复宽慰他的那些话,在那个时刻,他其实什么都没听进去,或者说他什么都听不见的,他一直坠落在自己的黑暗里,什么也听不见,什么也看不见。他就像一头困兽,深陷在一个无边的黑洞里,难以自拔。

一直以来,我不愿接受的,也一直难以相信的,是他的抑郁症。我以为那是个遗传疾病,而在我父母意识里,抑郁症只是一种忧郁的情绪,而每个人都会有忧郁的情绪。就像他们历经苦难却依旧开朗、幽默风趣,视一切不平不公如尘埃。他们从来都不知道这是一个病,一个很难走出来的致命的病。

直到今天,他们还以为他是过于脆弱、不够坚强才导致了他的悲剧,而不是人们所说的抑郁症。

我重复着的记忆,让我一次次地远离真相。

整个新年，我独自住在离医院半小时路程的酒店。酒店里空空荡荡的，除了我，看不见一个住客。窗外不时有地铁经过，巨大的轰鸣声伴随着零下十度的大风。白天，我往返于医院和酒店之间，午饭时，赶回家给母亲做饭。天黑时，独自回到酒店。

每天清晨醒来，我习惯坐在窗边的阳光里，一边写作，一边回忆起儿时来北京，和父母在一起的短暂时光。那时的父亲身材高大，坚挺的鼻子，梳着一丝不苟的头发，衣着干净体面。他和所有迎面走来的年轻科学家们都开着不着边际的玩笑，而他的年轻同事也都习惯了他的这种玩笑方式。他总是自豪地向他们介绍他的大儿子，然后顺便介绍我这个有些叛逆的小儿子。父亲不喜欢我的叛逆。他一辈子生活得循规蹈矩，我哥也是。我想这可能是父亲更喜欢他的原因。而此时，母亲会在一旁向他的同事多夸奖我几句。相比我哥，母亲似乎更喜欢我的独立和叛逆。

那时，我哥会十分失落地在一边看着我母亲。

他有一次认真地把我叫出去,说母亲偏心,不喜欢他,喜欢我。我说:"父亲不是也偏心,更喜欢你吗?我们各自总得有一个人喜欢吧。"他说:"反正母亲不喜欢我。"

那年我刚进中学。而他已经是高中生了。那时的北京还有拉蔬菜的马车。他喜欢马但又不敢靠近,他怕马的后蹄踢到他。那天,他有点赌气,上前摸了马的鼻子和头上的鬃毛,马温顺地把头埋在他手心。这是他第一次离马那么近。他高兴得似乎忘了母亲不喜欢他的事。

在我的相册里，仅存着几张我和我哥的合影照。照片是有花边的那种黑白照片。其中有一张还是照相馆人工着了色。那是他六岁时，祖父、祖母、外祖父、外祖母，带着他和我，在新年时去了南京路上的王开照相馆，给我们俩各自拍了一张照。照片中，我哥咧着嘴，看不出是在笑还是在哭。他头上戴着一顶有兔子耳朵的灰毛绒帽子，眼睛清澈，又大又亮，高高的鼻子，皮肤很白。照相馆的技师给他脸上画了点腮红，看着就像一只人见人爱的白兔。而一边的我，戴了一顶他戴旧了的棉帽子，又矮又瘦，手里拿着一个皮球，活像一只土拨鼠。那时正是过年，所有来拜年的亲戚都围着他，说长大了，他一定可以当明星。

后来，他的那张照片被着了色，陈列在王开照相馆的橱窗，一个醒目的位置。那个年代的王开照相馆是上海最有名的照相馆，照片能被选中放在橱窗展示的，不是革命样板戏明星，便是那个时代的英雄模范人物。为此，祖父经常故意带人去王开照相馆附近的点心店吃点心，每当他们看到橱窗里我哥的那张照片并赞不绝口时，我祖父便会心甘情愿地掏出他那少得可怜的退休金，高兴得请他们吃一碗小馄饨或者一份春卷。而我的那张，表情似哭非哭，一直压在家里五斗橱的玻璃板下。搬家时，我曾试着想把照片取下，它却牢牢地粘在了玻璃上，撕下时，照片上的一个皮球不见了。而他的那张，连同相框一起，被完好地挂在了他的新房。

另一张是我刚出生几个月，他正好两周岁生日。那天，祖母高兴地宴请了所有的亲戚邻居。就在那天，她破天荒地同意我祖父带着他的小姨太，一起在生日宴上合了影。这是第一次也是唯一的一次，祖父和祖母以及小姨太坐在一起拍照。我哥坐在他们中间，围了一条雪白的围巾。祖父站在他身后，表情有点不自然，感觉像犯了错的学生站在老师面前。可能是饿了，也可能是急着想吃那块生日蛋糕，我哥咧着嘴，眉头紧皱。而我在小姨太的怀里睡着了。

我不记得他那张穿着天鹅湖芭蕾舞衣的照片是

什么时候拍的。有一天,他的班主任突然来家访,说有家舞蹈学校正好来学校招生,看中了我哥,愿意破格录取。我祖母说学校招他去学什么。老师说学舞蹈。当天晚上,祖母就给我父亲写信详细说了这事,她在信上说,他将来是不是就像以前百乐门舞厅,在舞台上,给唱歌的伴舞的?是不是还要把穿舞裙的伴舞女郎抱起来举在头顶上?一想到这,我祖母立马要求我父亲回绝了那个学校。自那以后,我一看见我哥,就想象着他把穿着芭蕾舞衣的女孩,举过头顶,把女孩的腿和身体在他头顶上颠来倒去的样子。他死后,我再也没找到那张照片,照片上他瞪大了眼睛,化了浓妆,像一只企鹅。

还有一张也是新年。外祖父带着我们去周浦乡下过年。那天天不亮,我们就起床,坐了轮渡,又坐了很长时间的车。到家后,我和我哥就直奔河边的小船。他抢着撑竿,结果一下就滑落到了河里。回去路上,看见一个平日里用来浇灌菜田的结了冰的大粪缸,他说这冰很厚,人可以站上去。我听了,一脚踩上去,冰碎了。他拖着湿棉裤,一路笑到家。

之后，我们俩都换上了乡下舅舅肥大的蓝布棉裤，和外祖父一起，在他掉落河里的那条船边拍了照。拍照时，外祖父刚好打了一个哈欠。

他唯一一张一个人的彩色照，是站在一盆兰花前，在哪里拍的，什么时候拍的，照片中都没有提示。他穿了一件毛衣，所以唯一可知道的是在冬天。他胸前挂着一副眼镜，皱着很深的眉，眼里似乎正含着怒气。那是他去世前的最后一张照片。在他去世后的这些年里，父亲一直把这张相片放在写字桌前，每到清明和冬至，他都会放些啤酒在照片前。没多久，那些啤酒罐上就落满了灰尘。

而那时，母亲就沉默不语。我知道她总在回忆着什么。

我翻遍相册，居然找不到一张他长大后的生日照，除了他六岁时在王开照相馆照的那张。在记忆中，我也再没有和他一起过过生日，没有给他买过一个生日蛋糕，没有生日宴，没有生日祝福，也没有一张我和他的合影照。他就像从来没有来过一样。而他似乎也从来没有在意过这些。

我的写作和我的记忆一样,越接近尾声,越开始变得混乱起来。我试图厘清所有的顺序,试图探明我哥的生活轨迹。可那些记忆的碎片,不停地让我陷入难以自拔的过去。让我无法弄明白。我哥的过去究竟有没有过幸福的时刻?哪怕是不多的几个瞬间。我唯一能确定的,就是那次在乡下,我一脚踩进结冰的粪便缸里的那个瞬间,他和老五去西海浴室洗澡的那个下午,以及周日一大早和我祖父一起去德大西菜社买一块奶油蛋糕。

随着写作的不断深入,我几乎每晚都会梦到他。梦里不停出现的是在我外祖父的告别仪式结束后,我哥走在我边上,说这会外祖父已变成了一抔尘土。他哭得很伤心。他说话的声音一点没变。我上去牵他的手,他的手冰凉凉的。这是我记忆中第一次牵他的手,在梦里。

父亲在那场大病后开始相信上帝。相信的原因,是他的主治医生每天在给他检查完身体后,都会为他祈祷。这让年迈的父亲感受到了从未有过的人情温暖。他的眼睛透着光亮,仿佛看到了上帝给予的阳光。之后的日子里,他每天醒来的第一件事,就是坐在床前的椅子上,读厚厚的《圣经》。

父亲戴着老花镜的神情已远离了生死困扰。

十月的一天下午。

一个陌生电话，接通了，电话另一头半天不说话，我正要挂断时，电话一头传来一个胆怯而又小心翼翼的声音。

"是我。"

声音陌生而又熟悉。

我停顿半刻，记忆中映现出一张一成不变的笑脸。

我嫂子。

自从我哥走后，十几年，我们一直没有联系。她从医院出来后，一直由她父母照看着。她父母不想我们过多地打扰她，他们只想让她尽快地从我哥那段死亡记忆中走出来。

她在电话里说德里坊要拆迁了,有些我哥的东西,问我是不是想要。

我说好。我哪天抽空去看看。

她说好。又说哪天去提前告诉她。

我问她,还好吧?

她说蛮好的。

我说,至今一个人?

她嗯了一下。

我能想象她嗯的时候的表情,就像那时经常对我哥笑的样子。

挂了电话,我不知道我哥还有什么留下的东西。他走后,我再也没有踏进过德里坊,踏进那个充满记忆的房子。

我爬上昏暗的楼梯。

十几年前的那个上午重又浮现在眼前。

老五的家早已搬空，原先拥挤的房间变得空旷了许多。她每天喜欢趴着看街景的窗台，如今已落满了厚厚的灰尘，那几扇木格子的窗也已不知了去向。

我推开房门，看见那个沙发依旧面对着门，只是那沙发垫子被高高地翻在了墙上。沙发边那个旧式的梳妆台，油漆都已剥落开裂，一个抽屉打开着，里面有几只生锈的发夹。一本发黄的1975年的粮票本。梳妆台上的一面圆镜也已斑驳不堪，镜子里照出来的人和物都已变形。这个梳妆台还是我祖母年轻时的陪嫁物，我哥一直没舍得扔。梳妆台边上的一个玻璃柜是他结婚时，我和他一起去挑的，里面的几个葡萄酒杯和香槟杯都已蒙上了一层厚厚的灰。玻璃柜里还放了一张褪了色的英格丽·褒曼的明星照，玻璃柜上挂着我哥和我嫂子的结婚照。我才发现那张结婚照上，我哥也是皱着眉头，表情一脸的不自在。玻璃柜正对着的那张床上堆满了要处理掉的各种东西，床上的枕头和被子早已看不出往日的颜色，床头的墙纸都已剥落垂挂下来。床边的那个大衣柜上的穿衣镜，在太阳下折射出冷冷的光，照亮了整个屋子。我不敢正视那面镜子，摸着床沿小心翼翼地坐下。门后挂着的那件羽绒服早已不见，挂钩也已生锈。百叶窗帘的一边已脱落。窗外的梧桐树依旧茂盛。

我嫂子双手捏着衣角，站在镜子前。脸上依旧挂着她那不变的微笑。

我在床上的一堆衣物中，看到一把我哥小时候的玩具驳壳枪，枪管已断了一截。这把枪曾是他的最爱，直到上小学，他还时常拿在手上模仿电影《小兵张嘎》里的小游击队员。一个父亲从英国带回来的挂盘，盘子的一角敲了一个缺口，盘子上的图案是著名的伦敦桥和那个大钟。一条项链，也是父亲当年从英国带回来送给我嫂子的，项链的盒子上已经有了霉点。一张他大学时的学生证，和他的毕业证书叠在了一起。一本他买了准备送给我的新版的哈代的小说《还乡》。一本 W.S.默温的诗集《清晨之前的月亮》。几本封面都散落了的《舰船知识》杂志。一本蓝灰色的记事本，上面还印着 1994 字样，我想那可能是当年挂历公司送的赠品。

我打开记事本，发现那是我哥断断续续记着的日记，里面还夹杂着一些散落的纸片和购物发票。在这之前，我从不知道他还记日记。

我拿了记事本、他的学生证和毕业证书、一本哈代的《还乡》和默温的诗集，以及那几本掉了封面的《舰船知识》，还有那把断了枪管的玩具驳壳枪。

我对我嫂子说我走了，这几样东西我带走了。

她说好。

我说:"你自己照顾好身体。"

她说噢。

我说那我走了。

我回头时,看见她正从一个床头柜的抽屉里,拿出一个仿红木的笔盒,打开,里面是一支毛笔,一支用我哥头发做成的毛笔。我记得是追悼会那天,工作人员从他头发上剪下来拿去做的,说是可留作纪念。他的一头鬈发,做成的毛笔一点都不卷。

她说,这笔我可以留着吗?

她说话的声音依旧是胆怯的。

我转过身,点了点头。

我不敢看她的眼神和她无助的笑容。

下楼时,我想起祖母去世时,我哥也曾剪下了祖母的一缕头发,用它做成了一支笔。

加缪在他的手记里说:"夫妻。只有坚持能让人不再那么坚持。她唯一的坚持是不要死掉,而我,我在呼唤生命。"

我一直想单独写写我哥的爱情生活。这对我来说一直是个谜。他从没和我聊过他喜欢什么样的女人,年少时没有,结了婚更没有,直到他死也没有。可我知道他不幸福,他似乎从来没有过爱情的愉悦时刻。他没有过,我嫂子估计也没有。他们的快乐就是平时走在一起,去商场买点吃的、用的,然后回家。我从没见过他们牵手,没有搂抱亲热这样的动作。他们也从不争吵,家里的一切都由我哥说了算。有过几次,我想和他聊聊爱情和女人的话题,可他觉得这不该是当哥的和弟弟之间应该有的话题。特别是一个结了婚的男人,更没有理由去谈论这样的话题。我想他骨子里比我更传统。他有过几次和其他女孩子恋爱的机会。那时我邻居家的两个女孩的父母都曾向外祖父提过亲,他们觉得我哥帅气、聪明、一表人才,他们希望他们的女儿可以和我哥相处恋爱,以后共同生活。其中一个女孩比我哥小一岁,长得眉清目秀,她喜欢笑,在弄堂口很远就能听到她的笑声,她笑起来有一对很好看的酒窝,因为读书不好,高中毕业就顶替她父亲去了工厂,她父亲之前是厂里革委会的,每天戴一顶藤帽,家里还有一杆红缨枪。在我很小的时候,每次在弄堂里调皮捣蛋时,他就会拿着红缨枪戴着藤帽,凶神恶煞地让我面墙低头站好,检讨自己的过错。而那时他通常会朝我外祖父眨眼示意他只是在吓唬管教我。他是绍兴人,每到过年,大年初一我去每家拜年,他总是在我口袋里塞满从绍兴老家带来的红薯干、各种糖果,以及他自己做的鸡蛋卷。当他拎着大包、小包的点心水果来跟我外祖父提亲时,我想要是我哥娶了他女儿,我就可以有吃不完的红薯干,如果再来一次"文化大革命",我和我的外祖父也有一杆红缨枪的保卫,更何况那个叫亚萍的女孩笑起来真的很好看。

而另外一个女孩是我中学时就很喜欢的,她和她父母住在闸北,每到周六就会来看她外祖母,每次她来,整个弄堂都会充满生机,男孩子都会围着她转,她不仅长得漂亮,而且读书也好,笑起来还十分妩媚动人。她喜欢看书,看各种爱情小说。夏天时一到傍晚,她就拿了竹椅在弄堂口一直看到天黑。她喜欢和我聊天,天黑后,她会来找我聊她白天看的那些小说,有小仲马的《茶花女》、托尔斯泰的《安娜·卡列尼娜》、茨威格的《一个女人一生中的二十四小时》、缪塞的《一个世纪儿的忏悔》。

我哥周六常来看我外祖父,他们偶尔会在弄堂口擦肩而过,彼此羞涩地点点头,有时会聊上几句。她觉得我哥长得帅气,因此她外祖母在她考上大学那年,也来向我外祖父提亲,而那年正好我哥也考上大学,可不知什么原因最后却不了了之。我从来没有向我哥问起这事,因为我那时曾想,为什么她外祖母来提亲的人不是我,而是我哥。

我哥最终还是选择了一个没有爱情生活的婚姻。在那场婚姻里,我的嫂子一直以超强的忍耐力顽强地活着,而他却始终无法挣脱这毫无生气的生活,直到最后,他用死来呼唤生命。

到家后，我一一打开那些带回来的东西，试图想从这些零碎的东西中，找回一些我不曾有的记忆。我翻开一本《舰船知识》，那是1985年10月的一期。封面上印着庆祝国庆的字样，一艘军舰扎着大红的绸缎花，岸上的工人正欢天喜地地敲着锣鼓，迎接它下海。里面的文章有介绍军舰结构的小知识、人物介绍，还有舰船的武器配备如何先进，等等。在一篇写得非常抒情的航海日记里，我哥还认真地做了圈画。这对于一个从来没有见过大海的人来说，也许有他不一样的想象。

之后，我小心翼翼地打开日记，里面的文字让我想起我正在读的美国作家威廉·斯泰隆的自传小说《看得见的黑暗》。我能看见一个抑郁症作家写出的黑暗，却从未看见我哥陷入的永劫不复的黑暗。

日记里面的文字很多都没有标注明确的年份日期，只偶尔记着一些月份和星期。文字凌乱而无头绪，很多只是一些文字片段碎片，就像他一贯的自言自语。还有一些歪歪斜斜的文字更像是涂鸦。页面上很多地方有印渍,我分不清是水渍还是汗渍。我记得他每次惊恐时,手都会颤抖,而且时常是一头汗水。手心也是湿透的。

我翻动纸页的声音,就像他平时一个人在黑暗中的喘息声。我很怕惊醒他。怕他醒来注视我的目光。

2月8日

睡不着的时候一直在想,什么时候我变得比祖父年老时还落魄,还伤悲,还一无所有。没钱、没工作,也没女人和爱情,有的只是一个厌倦了自己的人和厌倦了的婚姻。

2月14日

下午走在街上,到处是卖玫瑰花的,才知道今天是情人节。我从来不过情人节。

有时也想知道别人的爱情是什么样的,反正我的爱情、婚姻注定是一场灾难。这是我自己选的,怨不得任何人。

5月,星期一

吃完面,在书店买了一本哈代的小说《还乡》

和 W.S.默温的诗集《清晨之前的月亮》，想送给弟弟。不知道他是不是还记得当年在高考前，他非得看这本哈代的《还乡》，直到今天我都没弄明白。

我不读诗，只是有点好奇，想看看诗人看到的月亮，和我每天睡不着的时候看到的月亮是不是一样。之前，我从来没有买过书给他，事实是我几乎没有买过什么东西给他。我这个哥真的很差劲。

5月13日

雨下了一上午。那个诗人默温说幸福像水一样古老。诗人真能想象，而我似乎从来没有体验过这古老得像水一样的幸福。不知道小时候去德大西菜社买一块奶油蛋糕算不算。那时的邻居小孩看着我大概就像看见水一样幸福。

星期五

我不惧怕死。可我又控制不住去想。每次想都会出汗。我想我可能还是怕死。

我有时会想死亡是不是一件既粗暴又温柔的事。

6月3日

这已经是第二次读默温的诗睡着了，还做梦了。梦见自己在一个无人的村庄，我蹲在一个巨大的树墩上看海。我没见过真正的海。我在海上开一辆公交车，一辆有轨的电车。

我不知道，人死了以后还会不会做梦？

星期六，7月

又是周末。没地方去。街上的人流让我透不过气来。回来时，我看见老五在窗台上冲我摆手微笑。其实我挺喜欢看她笑。她笑的时候总让我有冲动。

想起那时坐在看自行车的车摊前，每次看见熟人，赶紧背对着马路，最好有个地洞可以钻。那时的每一分钟都变得煎熬不堪，就像以前小时候，一大早端着痰盂到楼下天井里的公厕去倒一样。我特别怕看见老五。怕她意外地从自行车棚前经过，怕她看见我这个样子。怕见到她笑我的样子。

星期一

只想这样躺着。哪里都不想去。不想听见任何声音。

脑子里一直有个声音，觉得自己什么都是多余。

8月，台风

在车棚里吹了一天的风，雨很大，车棚漏水，衣服全湿了，也不好意思和管理处说。回来累了，却无法入睡。有点发烧，可能是着凉了，吃了药，烧退了，可头还是痛，就是睡不着。想着如果死了，就没有睡眠的烦恼，就可以长眠不醒了。

12月，冬至

一个人吃饭。想起祖母在医院昏迷时的样子。那天，她滑倒在养老院水池边。前一天去看她还好好的，还吃了我给她买的烤鸭。我一直觉得要不是我，不是她的病，不是我和她一直不开心，父亲也不会把祖母送去养老院。我知道父亲是想让我们有个独立的空间，他以为是我祖母平时太多的唠叨，造成了我们不开心。

祖母去世时我不在身边。下午医生说她可能不行了，父亲让我回去拿一套干净的衣服，我找遍了所有的抽屉和柜子，都没找到。衣服不是领子磨破了，就是袖口坏了，还有很多衣服都打了补丁，那顶她叫传呼电话时的绒线帽，被叠放得整整齐齐，帽檐有些开裂。我匆匆忙忙拿了一套没有补丁的衣服，去医院的路上，在一家街边小店买了一套新的棉毛衣裤。赶到医院时，祖母已经走了。为此，父亲非常生气，说我什么事都做不好，拿套衣服去了那么长时间。我不知道如何开口对父亲说，祖母连一件像样的衣服都没有。

那晚站在祖母的身边，给她穿上那套干净的旧衣服时，想着该走的人应该是我。

12月，周日

爬上祖母之前睡觉的阁楼。没有窗户，最高处不到一米五，最低矮处只有一米。我几乎只能半躺着爬进去。祖母每天睡觉大概也是这样弯着腰爬进去的吧。以前吃完饭，她就早早地上阁楼睡觉，我知道她没事就在阁楼上给我父亲写那些信。记忆中我好像从来没有上阁楼去看过。她以前常说她年轻时生活在一个有着四百亩田地的大家庭，有一年过生日，太外祖父还请了那时红极一时的越剧十姐妹到家唱堂会，她却紧张得躲在闺房不肯下去。我想象不出四百亩地的家是什么样的，可她老了，我却让她睡在这样一个暗无天日不足两平米的阁楼。

父亲当时提出把祖母送去养老院，我没反对，我只想着我终于可以解脱了。骨子里我是个极其自私的人，从小到大，一直都是。我想要不是因为我，祖母或许可以活过百岁。

12月30日

41岁。没有人知道我生日。父母也从来不记得，他们只知道卫星和导弹。只有祖母，她活着时每次都会给我下碗面。

2月，大年初一

一夜没睡。自从祖母走之后，每年过年家里都是冷冷清清。外面不停有零星的爆竹声，我不觉得这爆竹声能带来什么喜气，除了嘈杂的吵闹声。脑子里都是混乱的想法，可又什么都不记得了。早上听见邻居在互相拜年，我躺在床上不想见人。任何人。

大年初三

早上起来随便吃了点东西,就去医院看她。

这条去医院的路已让我十分厌倦。看街上满面春风的人,无人知道我去的地方有多压抑。每次看到她被医生挟持着的样子,让我又恐惧又绝望。这样的日子像是永无尽头。在医院那条走廊里,我经常想象那个被医生挟持的人是我,如果真有这么一天,我想我不会这样活着。

她又胖了。她看我的眼神充满陌生。她快不认识我了。

大年初八

终于过完年了。

难得睡了那么长时间,做了一夜的梦,还第一次梦见她,在医院,我和她一起反穿着病衣。她用异样的眼光看着我。我被两个医护人员架着胳膊,怎么也挣脱不了。我想叫,却发不出声。一个漂亮女孩一直隔着门窗盯着我看。她穿着一条短裙,一件红色衬衣,披散着长发,醒来时,才看清那女孩是楼下的洋娃娃。居然做这样的梦。

下楼经过她家,特意看了一眼,没看见她。

正月十五

去门口的小超市买了一包速冻汤圆,煮汤圆时都裂了,里面的馅都化在了水里。以前祖母包的汤圆很好吃,她不仅正月十五包,平时没事,也一个人坐在厨房的小凳上包。自己磨的粉,她藏着不太舍得吃,偶尔包几个,也都给了我吃,她自己每次都只吃一两个。

没看见月亮。不知在清晨之前会不会看到月亮。不过有没有月亮都无所谓。

翻来覆去睡不着。突然想看看我弟弟写的东西。我居然从来没有读过他写的东西,也从没有和他聊过他写的东西。很多时候,都是他在关心我。他更像是当哥的。

2月,星期天

半夜起来翻看相册,我和弟弟一起去过北京两次,第二次去在故宫和颐和园拍了一卷照片,可居然没有两个人的合影。不仅是北京,长大后,我和他居然也是没拍过一张合影。

3月

今天走在街上又想,不知道我死后的生活会怎样。

街上的人依旧如此喧闹,如此美好。我知道我弟弟会很伤心,他以后将独自面对我带给父母的痛苦。所以我不能死。也许一切都会过去。都会好。我弟弟一直对我说没什么可怕的。可我真的厌恶自己现在这个样子，厌恶眼前的一切。

3月的最后一个周末

下午在石门一路一家旧书店里，居然看到一本之前漏买的1985年10月期的《舰船知识》，才一毛钱。看到里面一篇航海日记，站在书店门口就看完了，我想象不出在海上漂泊那么长时间会是一种怎样的感受。有时真羡慕一直在海上漂泊的人，每天可以对着海，看海。

4月，清明

下了一天的雨。

去苏州墓地。

外祖父和外祖母墓碑上的字都淡了，有些笔画都看不出来了。找了墓地管理员来重新描了一下，给了他们些钱，让他们把墓地四周都清扫了一下。他们在凤凰山已经十几年了。当初山上没有这么多墓地，如今都满了。之前，山前是一片翠竹，现在都砍了，建了一座塔陵。其实葬在山上也挺好，也不孤单。临走时，又给了山上看护墓地的农民一些钱，叮嘱他们时常清扫一下落叶。我知道，其实这钱也是白给，你不在，他们根本不会去打扫，只是觉得万一以后再也没机会来了，有个心理安慰。

从苏州回来，就想躺下，不想起来。不想说话，不想听见任何声音。

4月7日

苏州扫墓回来躺了一天，感觉头很重，可能是在山上着凉了。老五一早风风火火地进来，看我无精打采地躺着，便说一起去西海浴室洗澡。正好弟弟也在，被她连拉带拽地一起去了。

路上，老五一直在逗我开心。我知道她对我好。和她在一起时让我暂时忘了所有的不快。在浴室里，我第一次开心地给弟弟搓了背，从小到大，我还第一次和弟弟这么亲近。

4月的最后一天

早上起来吃面包时，看着刀尖上的草莓果酱，鲜红如血。把刀尖含在嘴里，有一种冰冰凉的心跳感觉。草莓酱很甜。我的血会不会也是甜的？

我把草莓果酱涂抹在面包上，却一口也吃不下。

5月1日

劳动也有节。祖母在时，几乎不用我劳动。如今祖母不在了，我也不劳动。我感觉自己就像一个废物。

我现在活着的每一天好像就在等待某一个时刻。一个我想要的时刻。

感觉等这个时刻已经太久。

6月1日，儿童节

这是个与我无关的节日。没孩子更好。只是看着父母年老了，父亲尽管不说，但我知道，他是不想给我压力，我是家里的长房长孙，却没有孩子。祖母活着时倒说起过，后来也不说了，也许是四百亩地都没了，她觉得有没有后代也不重要了。

6月20日

一个上午都在看着窗外。第一次有身体飞出去的感觉。

一个奇怪的想法，如果我像小时候折的纸飞机一样，挂在窗外的树枝上会怎样？我想一定会有很多人围观，人们会像看一个笑话一样看我。

6月21日

弟弟生日？还是明天？以前很少会记起他的生日。想给他打电话祝福一下，可不知道说什么，除了有事找他，给他增添各种麻烦。我们似乎从来都没有在一起过过生日。纠结了半天，还是给他打了电话。打通了，就说了句你好好的。

挂了电话，想起一件陈年旧事。当年外祖父和外祖母相继去世后，弟弟一个人住在偏僻的西郊，白天他去报社，下午还要去英语托福班上课，那时他正打算去美国留学。他上课的学校离姑姑家很近。

我和祖母那段时间又都住在我姑姑家。他下了课，一个人很晚回家也没饭吃，他就过来和我们一起在我姑姑家吃。一天晚上我下班晚，他一个人先去，到了姑姑家，他们都已经吃完了，桌上的剩菜只有几块油焖茄子,他随便吃了些。刚吃完,我才到,姑姑见了我,说碗橱里还有一碗油焖茄子,没吃过,让我拿出来吃,还有一碗肉饼子蒸蛋。我吃的时候才发现他脸色不对。没等我吃完,他就回去了。后来这事我还是从母亲那里听说的。母亲为此很生气,对我和我姑姑都很冷落。母亲觉得所有人的眼里都只有我,没有弟弟。为此,我在北京时,还和弟弟说起过母亲偏心。现在想来,我真的是一个只顾及自己感受的人。母亲说,他们从小给我过多的宠爱,才使我变得越发自私和没用。我想母亲说得没错。我一直很想和他说说那件事。我感觉有很多话想说,可我居然连一句生日快乐都没对他说。

6月30日

已经有两个星期没去医院看她。

我很怕看见医院那条走廊,每次看见她从医院走廊的另一头走过来时,就感觉像一个死亡的影子。

这就是我未来的日子。一切都无法改变。

7 月 1 日，星期天

难得的好天气。一早起来散步到了德大西菜社。各式蛋糕，看着很漂亮，就是和小时候吃的不一样。隔着玻璃看了一眼，什么也没买。

回来路上，在一个街心花园坐着睡着了。梦见吃蛋糕，没梦见祖父。祖父死后，我居然一次都没梦见过他。也没梦见过祖母。但梦见过很多次外祖父。梦里他把我一个人留在周浦乡下，让我自己乘车回家。我上了车，才发现身无分文，只能一路逃票。到了江边，没钱买轮渡票。然后天黑了。我吓坏了。醒来发现我在外祖父的背上睡着了。他背着我过黄浦江。

外祖父身上的烟草味，很好闻，我在梦里都能闻到。他以前一直说，人要有一技之长，要学点本事，这样才不会没饭吃。现在才知道，有本事也未必有饭吃。

9月,星期一

我又整夜整夜地无法睡觉。一关灯,就看见她在笑,很无助的笑。其实,我比她更无助。我已经不会笑了。

9月18日,星期天

下午弟弟来看我,说了很多无聊的话。很想和他说说我现在的心情,我无望的生活。可几次话到嘴边,却还是开不了口。我总觉得我的生活就是一个笑话。

10月

一到夜晚就狂躁不安。吃了双倍的安眠药,还是时睡时醒。有时真想把身体甩出窗外。睡着时噩梦不断,醒来又忘。今天把一瓶安眠药倒在手上时,一直在想全部吞下的快感,就此长眠不醒,这样就不用整夜整夜睁着眼等天亮了。

天亮时醒来,梦见吃草莓果酱时,把果酱刀吞了下去。这是唯一记得的一个梦。

10 月 10 日

以前祖母和祖父吵架常常说祖父像个废物。现在我越来越明白,祖母眼中的废物就是总是别人在帮你,而你对别人却什么忙都帮不上。我现在就是这样一个不被人需要的废物。

10 月 15 日

秋天了。天气挺好。应该有个好心情,可没有。

10 月 22 日

该走了。写下这句话时,感觉很轻松,也许真的解脱了。

一个大雪纷飞的清晨。

加拿大。卡尔加里。

清晨五点。

我靠着床,看着窗外的雪。

我想写一本关于我哥的书。

我写下书名《镜中人》。

我看着窗外的雪越下越大。直到天黑,我却一个字也写不出来。

我至今无法看清他,就像他无法看清镜中的自己。我一遍遍地回顾他一生的点滴是如何成就了他的死亡。我想知道死亡对他又意味着什么。

1. 他出生在一个下大雪的冬天。

2. 出生的第二年,他被祖父带到了上海。

3. 他两周岁生日那天,祖母破天荒地同意祖父带着他的小姨太,一起在生日宴上合了影。那是祖父唯一和他小姨太的合影。很多年以后,我小姨太过世那天,祖父找出那张相片,对他说,这是你两岁生日时给我的礼物。

4. 他刚学会走路时,祖父带着他去德大西菜社买了一块奶油蛋糕。从那以后,每个星期六早上,祖父都会带着他去德大西菜社,吃一顿罗宋汤和炸猪排,然后再买一块奶油蛋糕回家。他后来在他的日记里写道:这是他一生中有过的最好的时光。

5. 在祖母的溺爱下，他无忧无虑地长大，并养成了任何好东西都理应属于他的习惯。

6. 六岁时，他在南京路上的王开照相馆拍了一张照。那张照片被陈列在了照相馆的橱窗，直到那家照相馆被搬迁。这是他唯一一次像明星一样。

7. 还是六岁那年，他把一张祖父留下的印着有三亿银元图案的国债券，折成了一个纸飞机，扔出了窗外。这是他第一次败家。

8. 在他漫长的中学时代，祖母不允许他离开她的视野半步。以至于在以后很长的日子里，他成了一个没有朋友的孤独的人。

9. 临近中学毕业，他楼下的一个女孩喜欢上了他。

10. 他刚进小学那年，有家舞蹈学校来招生，看中了他并愿意破格录取他，被我祖母断然拒绝。

11. 他考上大学，祖母送他去学校，回来时暗自算好了从学校到家所需的时间，在之后的每个放学的周末，她都会站在德里坊弄堂口，一直等到看见他的身影。如果超过半个小时还没见到他，她会沿着公交线路，一路找到他的学校。祖母的这个行为让他觉得很丢面子。

12. 在我临近考大学的最后一个周末，我在家看哈代的小说《还乡》，他说："你不能考完了再看吗？"我说不能。这是我们唯一一次关于文学的争执。他认为文学只是闲来无事时的消遣。

13. 我大学毕业那年，他恋爱了。

14. 他写信给我父母，信中反复描述有个女孩在食堂吃饭时，总是把大排给他吃。父亲听了，说这傻儿子也终于有人爱了。

15. 三十岁那年，他终于娶了那个大排女孩。

婚礼上，他穿着一件灰色的休闲夹克衫，跑上跑下，给每个来参加婚礼的家中长辈敬酒点烟，以至于那天，我们都没在婚礼上拍一张全家福，也没有燃放喜庆鞭炮。他去世后，父亲一直认为，他的不幸也许和结婚那天没放鞭炮有关。

16. 婚后没多久，他发现他的妻子有家族精神疾病史。

17. 他所在的工厂濒临破产。

18. 他妻子因精神疾病第一次入院。

19. 他第一次看见他妻子隔着铁窗对他笑。

20. 他不开心时就闭目坐在沙发上，自言自语。坐久了，常常忘了吃饭。

21. 他找了一份在银行当保安的工作。

22. 他每天早出晚归，认真工作。三个月试用期一过，银行还是辞退了他。

23. 他找的第二份工作是在社区看管自行车。

24. 他开始抽烟。

25. 看自行车的活，他一直干到车棚拆迁。

26. 他又一次失业了。

27. 父亲在知道这一切后，便每月拿出他工资的一部分，按时给他寄去。

28. 大年三十。他独自闭目坐在沙发上，整整一个下午。我试图和他说话，他说他想休息一下。这是我们最后一次在一起吃年夜饭。也是最后一次没有对话。

29. 我托朋友给他找了一家上市公司的工作，

那天他高兴地从房间走到厨房,用手抓了一块桌上的酱牛肉塞进了嘴里。

30. 他除了他妻子,这辈子没有过其他女人。

31. 他有过两次对其他女人动心的时候。一次是和老五手牵手走在下雨天的街上。还有一次是面馆的女服务员看上了他,并亲昵地抚摸过他的一头鬈发。

32. 他一生没有孩子。

33. 他去过最远的地方是北京。

34. 他去过最多的地方是医院。

35. 长大后他再没过过生日。

36. 他从不喝酒,尽管有很多次,他也想去酒吧喝上几杯,喝得烂醉如泥,倒在大街上。

37. 祖母去世时,他想过死。

38. 他得了严重的抑郁症,没有人知道。他自己也不知道。

39. 他整夜整夜无法入睡,一个人在黑暗中等待黎明。没有人帮他。

40. 他只打过一个求救电话给他的弟弟。他说他怕。累了。之后,他再也没提起过这事。

41. 几个月后,一个星期天的早上,他死了。

42. 警察说他死于自杀。

我在威廉·斯泰隆的《看得见的黑暗》里，读到一份长长的因抑郁症而自杀的名单，他们都是才华横溢的艺术家，其中有很多是我喜欢的：哈特·克莱恩、文森特·凡·高、弗吉尼亚·伍尔夫、阿希尔·戈尔基、切萨雷·帕韦塞、罗曼·加里、韦切尔·林赛、西尔维娅·普拉斯、亨利·德蒙泰朗、马克·罗斯科、约翰·贝里曼、杰克·伦敦、欧内斯特·海明威、威廉·英奇、黛安·阿勃丝、塔德乌什·博罗夫斯基、保罗·策兰、安妮·塞克斯顿、谢尔盖·叶赛宁、弗拉基米尔·马雅可夫斯基。

他在书中说这个名单还在增加。

我知道增加的名单里有一个叫"奇"的中国人。

他不是艺术家。

他只是我哥。

一边是生,一边是死,在这两种美之间的,是忧郁。

加缪说的。在哪里说的,忘了。

《约伯记》里说:"因我所恐惧的临到我身,我所惧怕的正迎我而来。"

我总是记不住我哥的死亡日期。

我只记得父亲在他的墓碑上,刻上了"两袖清风"四个字。看着像是对一个为官清廉之人的赞誉,有点滑稽。可父亲很坚持。我曾经有过一个念头,就是把他撒去海里。他一直说他从没去过海,也没见过真正的海。

在我写完这本书时,我想再次去苏州凤凰山,去看看他,看看他墓碑上的生卒日期。我想记住那个日子。那个黑暗时刻。

在他死后的每一天,我时常会把我生活中所发生的一切与他联系在一起。尽管我明白这世界的一切已与他无关了。

他让我明白了死亡的全部含义。

眼下又到了隆冬季节。

十二月的风比往年都来得更加寒冷。

我终日坐在看得见香樟树的窗下。听任时间和生命在我的身体里流逝。我试图通过写作来留住日渐模糊的记忆。我想在这片记忆里留下些什么。可除了死亡的脚步,一切都渐行渐远。

一切都消失了。

我知道这一切都将无法阻挡。

我无法重现那个黎明前最不真实的一幕。

那个太阳升起后照进的死亡现实。

在一个个夜深人静的夜晚,我努力回忆那个夜晚。

他站在镜子前,他是否穿着他喜欢的那件米灰色的夹克,还是只穿了一件睡觉时的圆领汗衫,抑或是光着身子什么都没有穿?

他的月光下的皮肤,在那个瞬间被用力地穿刺。

这一切的一切就像那晚的月光一样迷离。

那面镜子碎了。

玻璃落了一地。

透过玻璃和地板,我依然可以看见那喷洒一地的暗红色的血。

那来自他身体里温暖的血。

血很快就干了。

我俯下身,抚摸在地板上那些干涸的血迹。

我想抚摸那来自他身体的仅有的温度。

还有他的气息。

那弥漫着血腥的气息。

电话铃响了。

我拿起电话。

我对着电话说,是的,他走了。只有我一个人送他。

他什么都没穿。

我至今都不知道这一切是如何发生的。

2019 年 11 月—2023 年 9 月
加拿大，卡尔加里—新西兰
阿根廷，布宜诺斯艾利斯—上海

后记

重现的记忆

——给黑暗中的人

《纽约时报》在评论美国作家威廉·斯泰隆的《看得见的黑暗》一书时,说它传达了这样的信息:抑郁症是可以被战胜的。即使坠入了"无尽的绝望",也请坚持下去,最终我们将重获感受平静和快乐的能力。无论是二十年前、当下,还是二十年后,我始终坚信重申这一点至关重要。

在一个阳光明媚的秋天的早晨,我哥没能坚持下去，他没能感受到秋天的风带给他的平静和快乐。

他一个人走得很远。远得无法回头。

那种绝望是我至今都无法体会的。

二十年前，我还不知道抑郁症是一种痛苦而又绝望的病症。我只知道人的抑郁是因为生活的过于沉重，是每一个在现实中挣扎的人都会有的痛苦，是可以靠着自身的坚强走出来的。

直到那个秋天的早晨，那个镜中的男人，他以他年轻的生命，终结了所有的美好。让我从此坠入他留给我的那个黑暗时刻。

我一直没有勇气去触摸那个黑暗中的记忆。那个既看得见又看不见的黑暗。那个既清晰又模糊的镜中的男人。那个善良而又无助的人。那个天生胆怯，却又以无比的勇气面对了死亡的男人，而且以一种最惨烈的方式选择了死亡。

年轻的智利女诗人特蕾莎·威尔姆斯·蒙特在她的《在大理石的沉默中》，曾用她的诗句表达了"世间只有一个真相和太阳一样伟大：那就是死亡"。三年后的一个平安夜，深陷抑郁的诗人在巴黎吞下了大量巴比妥，离开了人世，年仅28岁。

二十年后，我试图用文字重新回忆起那个黑暗的时刻。我努力地想记录下所有的一切，想走近那个镜中的男人，想探明所有的真相，还原那个坠入绝望的时刻。我想让那个镜中的男人照亮那些还在黑暗中挣扎的人。

可当我快结束我的文字时，我依旧看不清镜中那张帅气的脸，那个表情，以及表情背后所淹没的一切。

他的内心。他的全部世界。

我一无所知。

法国女作家安妮·埃尔诺在她的作品集的中文版序言中说:"我所写的书都是这种愿望的结果——把个体和私密的东西转化为一种可知可感的实体,可以让他人理解。这些书以不同的形式潜入身体、爱的激情、社会的羞耻、疾病、亲人的死亡这些共同经验中……通过这些方式,它们有助于实现我自己对文学的期许:带来更多的认知和更多的自由。"安妮的写作给了我更多写这书的勇气。我曾经和我的老友、我的出版人都说过同样的话,我希望在我的写作世界里,有足够的勇气扒开我的灵魂,在太阳下灼晒。

　　在完成这本书的过程中,我一直困惑于小说的真实和现实的真实,哪个更接近于真实。当我在书中竭尽可能地想去发现真实时,真实却变得更加模糊不清。我以为我在书中找到了真相,可真相却离我越来越远。就像我反复回忆的那个夜晚,那个夜晚更像是小说中虚构的一个场景。

父亲在一场大病后，时常对我说，他的这本书只剩下为数不多的几页，一阵大风，随时都会把这本书的最后几页合上。而我同样不知道，如何将书中的往事再次重现在我父母面前。这个忧虑从开始写这本书时就一直存在。我不希望他们在快走到生命的尽头时，再重新回忆起那段沉重不堪的往事，不想在未来所剩不长的时间里，带着这困惑去和他们的儿子重逢。但我又希望，在他们的有生之年，可以在这本书中完成对他们儿子的一次追忆。完成对一个生命的纪念。

以及对他的爱。

时间不停地侵蚀着记忆中的那个夜晚。在那之后，无论我，还是我父母，我们都从未再提起过这件事。怕再次坠入黑暗。我也从未向我父母描述过那晚的情形，描述过我签过字的那份死亡报告书，以及那份报告书里所描述的，对我哥死亡过程所做的检查、推测和想象。

那个致命的伤口。

这一件件。一幕幕。所有的一切。

我一字未提。

我无力走进这黑暗。无论是看得见的还是看不见的。

威廉·斯泰隆在《看得见的黑暗》一书中说:"对那些曾在抑郁症的幽暗森林中栖息过,并了解那种难以名状的痛苦的人,他们从痛苦的深渊中返回的过程与诗人但丁笔下升入天堂的过程并没什么两样。"他在书的最后,以无比的诗意写道:"我们便走了出去,再次看见了满天繁星。"

在无数次的追忆中,我无以想象我哥,那个镜中的男人,在那个漫长的黑夜里,在那面巨大的镜子前,他都看见了什么?他有没有看见他自己?有没有看见他行将结束的短暂的一生?

有没有也曾看见满天的繁星?

2023 年 10 月 7 日于雨中的上海

图书在版编目(CIP)数据

镜中人/曹宇著. -- 上海：上海社会科学院出版社，2024. -- ISBN 978-7-5520-4217-7

Ⅰ. I247.5

中国国家版本馆 CIP 数据核字第 2024PP1492 号

镜中人

著　　者：	曹　宇
责任编辑：	刘欢欣　包纯睿
封面设计：	霍　覃　刘欢欣
出版发行：	上海社会科学院出版社
	上海顺昌路 622 号　邮编 200025
	电话总机 021-63315947　销售热线 021-53063735
	https://cbs.sass.org.cn　E-mail:sassp@sassp.cn
排　　版：	南京展望文化发展有限公司
印　　刷：	上海中华商务联合印刷有限公司
开　　本：	787 毫米×1092 毫米　1/32
印　　张：	6.75
插　　页：	5
字　　数：	100 千
版　　次：	2024 年 9 月第 1 版　2024 年 9 月第 1 次印刷

ISBN 978-7-5520-4217-7/I·542　　　　定价：58.00 元

版权所有　翻印必究